DANTE ET BÉATRIX

DRAME EN CINQ ACTES, EN VERS.

PARIS. — IMPRIMERIE DE E. BRIÈRE, RUE SAINTE-ANNE, 55.

DANTE

ET

BÉATRIX

DRAME

EN CINQ ACTES ET EN VERS

PAR

HENRI DE BORNIER

DE LA BIBLIOTHÈQUE DE L'ARSENAL.

PARIS,

MICHEL LÉVY FRÈRES, LIBRAIRES-ÉDITEURS,

RUE VIVIENNE, 2 bis.

1853.

A M. LE Vte FRÉDÉRIC DE BORNIER.

Je vous offre ce drame comme ma première œuvre sérieuse.

J'ai voulu peindre, les yeux fixés sur la grande figure de Dante, le poète, l'homme de génie aux prises avec les hasards, les haines ou les affections, les petitesses ou les grandes luttes de la politique; j'ai voulu peindre, dans Béatrix, l'amour chaste, toujours dominé par le devoir, éclairé par la foi.

Je ne sais si j'ai réussi dans mon dessein; je ne sais si j'ai prêté un assez noble langage à celui que les Italiens appellent : *Il gran padre Alighieri*; je ne sais si j'ai entouré d'une lumière assez abondante cette suave image de Béatrix, l'idéal de la pureté, *la creatura bella bianco vestita;* j'ignore quel accueil fera le public à cette tentative d'un jeune homme sans renommée; mais je me console d'avance de l'insuccès probable, en songeant combien de plus méritants n'ont pas été plus heureux.

Votre neveu dévoué,

HENRI DE BORNIER.

Paris, 23 juin 1853.

PERSONNAGES.

DANTE ALIGHIERI.

BRUNETTO LATINI.

GUIDO CAVALCANTI.

LE CHEVALIER BARDI.

MAITRE TORELLO, orfèvre.

L'HOMME AU LIS NOIR.

BÉATRIX.

NINA.

AMIS DE DANTE, CHEFS DE LA MILICE, BOURGEOIS, PEUPLE.

Florence, 13...

DANTE ET BÉATRIX

DRAME EN CINQ ACTES.

ACTE PREMIER.

(Un grand jardin. Au fond, deux maisons qui se touchent presque.)

SCÈNE PREMIÈRE.

BRUNETTO, *puis* GUIDO.

BRUNETTO, *frappant à la maison de Dante.*

Dante! — Parti déjà.... Cependant, aujourd'hui
Il faut que je lui parle, il faut....

UNE VOIX, *chantant au dehors.*

En un verger, sous la blanche aubépine,
La dame tient son ami sur son cœur:
Lui la regarde avec un air vainqueur.
Mais l'aube vient, l'orient s'illumine....

Mon Dieu! Mon Dieu! voici l'aube qui vient!

BRUNETTO.

Ce n'est pas lui.

GUIDO, *entrant en chantant.*

« Beau doux ami, la nuit, qui nous dérobe
» Aux yeux jaloux, devrait durer toujours;

» Quand ton sourire éclaire tous mes jours,
» Point n'ai souci du sourire de l'aube....
» Mon Dieu! Mon Dieu! voici l'aube qui vient! »

Voyons, que pensez-vous, tout franc, de cette aubade,
Ser Brunetto?

BRUNETTO.

Qu'il faut avoir l'esprit malade
Pour chanter des couplets semés de concetti
En ce moment, seigneur Guido Cavalcanti!

GUIDO, *légèrement.*

Le mot *aubade* vient de l'*aube* qui s'avance,
C'est un genre nouveau qui florit en Provence.

BRUNETTO.

La Provence! pays d'où nous sont arrivés
Ces joyeux troubadours, poètes énervés,
Ces jongleurs séduisants dont les chimères folles
Avec les airs nouveaux s'élèvent des violes,
Eloignant à l'envi, dans ces jours incertains,
Des devoirs sérieux nos jeunes Florentins!

GUIDO.

O Provence! pays des gracieux sirventes,
Pays des cours d'amour et des rimes savantes,
Qui prêtes une forme à ce que nous pensons,
Qui prends nos orangers et nous rends tes chansons,
Je donnerais, jaloux de tes joyeuses fêtes,
Tous nos hommes d'Etat pour un de tes poètes!

BRUNETTO.

Le temps est bien choisi pour railler, beau rieur!
Aujourd'hui mes pouvoirs expirent; un *prieur*
Par conséquent doit être élu.

GUIDO.

Je vous admire :
Le prisonnier se plaint lorsque la peine expire!

BRUNETTO.

Mais qui nommera-t-on à ma place!

GUIDO.

Ma foi,
Qui l'on voudra... pourvu que ce ne soit pas moi!

BRUNETTO.

Vous êtes donc mauvais citoyen?

GUIDO.

Je m'en vante.
La liste des erreurs du peuple m'épouvante;
Aussi, voyant régner l'injustice à ce point,
Ma seule opinion est de n'en avoir point!
La politique, à moi, malgré vos convoitises
Me semble l'abrégé des humaines sottises!
Vous dites tous avoir raison — c'est votre fort —
Mais pour moi le dernier qui parle.... a toujours tort!

BRUNETTO.

Je vous reconnais bien et je trouve inutile
De chercher à convaincre un esprit si futile.
Dites-moi seulement, pour changer d'entretien,
Si Dante est près d'ici....

GUIDO.

Vous vous adressez bien!
Depuis trois jours je cherche en vain à le rejoindre,
Il quitte sa maison dès qu'on voit l'aube poindre;
Il semble, m'a-t-on dit, plus triste que jamais;
Moi je serais plus gai si comme lui j'aimais!

BRUNETTO.

Il aime d'un amour tendre, grave et fidèle,
Mais sans espoir....

GUIDO.

L'espoir est comme l'hirondelle,
Il s'élance d'un vol rapide loin de nous,
Mais il revient plus vite et nous paraît plus doux!
Béatrix aime Dante, et c'est beaucoup, j'espère....

BRUNETTO.

Mais Béatrix, d'abord, obéit à son père;
Avant d'être à l'amour, elle est à son devoir;
Elle aime Dante, mais elle ne peut le voir.
Ah! lorsque nous n'avions qu'un parti dans Florence
Dante pouvait nourrir cette chère espérance;
Mais, depuis que Folco Portinari s'est mis
Aux mains du parti *noir*, l'espoir n'est plus permis;
Dante, par sa famille, est du parti contraire,
Et moi son maître, moi qui lui tins lieu de père,
Je le maudirais si, par l'amour entraîné,
Il trahissait jamais le sang dont il est né!
Mais le croire, Guido, serait lui faire offense...

GUIDO.

Il m'en souvient : souvent, dans notre heureuse enfance,
Ici même, Folco, père de Béatrix,
A Dante souriait en l'appelant son fils;
Les maisons se touchaient, et sous le même ombrage
Les deux enfants cherchaient les jeux du premier âge;
Ils s'aimèrent bientôt, et c'était ravissant
De voir grandir leurs fronts et leur amour naissant!

Hélas ! mon maître, au choc de vos luttes cruelles,
Les cœurs sont désunis...
(*Montrant les deux maisons.*)
Les murs sont plus fidèles !

BRUNETTO.

Écoutez : Vous aimez Dante... oui, n'est-ce pas ?

GUIDO.

Certes, j'irais pour lui me battre de ce pas !

BRUNETTO.

Eh bien, apprenez donc... Ce que je vais vous dire,
Dante doit l'ignorer encore. Je le désire.
J'ai de graves raisons. — Mais on vient par ici.

GUIDO.

C'est Dante.

BRUNETTO.

Vous saurez tout plus tard.

GUIDO.

Le voici.

(*Entre Dante, sans voir Guido et Brunetto ; il porte plusieurs feuilles de parchemin à moitié déroulées.*)

SCÈNE II.

BRUNETTO, GUIDO, DANTE.

DANTE.

Comme cette forêt était sombre et sauvage !
Comme l'Arno gonflé surmontait le rivage !
Comme, plus loin, les prés étaient verts et joyeux,
Et comme le soleil éblouissait mes yeux !

— De même, ô Béatrix, serait sombre ma vie,
Ainsi mon cœur gonflé si tu m'étais ravie!
Mais, quand tu m'apparais dans ton chaste maintien,
Ainsi mon front s'éclaire en approchant du tien!

GUIDO, *s'avançant en riant.*

Mais, mon cher, tu n'es pas comme les autres hommes!

DANTE, *vivement.*

On m'écoutait! — Guido, pardon!

GUIDO.

Quoi! nous en sommes
Encor là! Mais, mon cher, un amour si discret
Ne peut gagner à croître ainsi dans le secret.
Soupirer dans les bois est une chose douce;
Cependant je préfère, en marchant sur la mousse,
Suivre deux petits pieds que de marcher tout seul!
C'est ainsi que pensait Horace, notre aïeul,
Quel poète! Il chanta, digne de sa fortune,
Vingt maîtresses, je crois....

DANTE.

Et Virgile?

GUIDO.

Pas une.

DANTE.

Crois-moi, Guido : l'amour comme tu le comprends
Peut faire les heureux, mais ne fait pas les grands;
L'amour, c'est le respect. Voilà tout ce qui dure.
La racine survit toujours à la verdure!
Pourquoi cet air vainqueur qu'on te voit affecter?
Soyons respectueux, car c'est nous respecter!

Tu le comprendras mieux à l'éprouver toi-même :
On adore à vingt ans, c'est plus tard que l'on aime!

GUIDO.

Oh! pardon! — J'oubliais, devant toi-même, ici,
Que c'est de Béatrix que je parlais ainsi,
Béatrix, la plus noble et la plus sainte femme!
Tous les hommes, le plus impur, le plus infâme,
Le plus abandonné dans les mauvais penchants,
Ont comme une pudeur de se sentir méchants,
Quand elle paraît calme et tranquille et fidèle!
Les plus sages vieillards s'inclinent devant elle,
Certains, dans le passé comme dans l'avenir,
De cette pureté que rien ne peut ternir!
— Ami, pardon encor! Je suis léger, frivole,
Mais je regrette vite une vaine parole.

BRUNETTO.

Je suis fier du succès que mes leçons ont eu,
Dante; je trouve en toi l'amour de la vertu;
Mais cette noble ardeur resterait inféconde
Si tu ne la tournais vers les choses du monde.
Poète avant seize ans, dans Florence honoré,
Les applaudissements du peuple t'ont sacré.

GUIDO.

Il est vrai : sur l'Arno, fuyant la ville ardente
Chaque barque, le soir, dit un sonnet de Dante,
Et ses molles chansons vont, comme un chant d'oiseau,
De Lucques la rieuse à la sombre Arezzo.
— Moi, je suis fier, ami, de ton nom qu'on répète,
Et ne suis point jaloux.... quoique je sois poète!

BRUNETTO.

Mais il est des devoirs plus graves à remplir,
Une œuvre utile est là que tu dois accomplir.

GUIDO.

La politique est là qui nous prend à l'oreille!

BRUNETTO, *irrité.*

Non, je n'ai jamais vu légèreté pareille!
(*Guido effarouché se retire au fond.*)
Dante, écoute : un *prieur* demain doit être élu.
Le chevalier Bardi, Gibelin absolu,
Homme dur, violent, accusé de vingt crimes,
Qui conduirait Florence au penchant des abîmes,
Le chevalier Bardi se présente, et, demain
Peut-être, le pouvoir tombera dans sa main.
Le parti *noir* l'appuie. Il faut pour le combattre
Un *blanc*, un Guelfe pur que rien ne puisse abattre.
— Eh bien, sur toi, mon fils, repose mon espoir.

GUIDO, *à part.*

Mon pauvre ami!

BRUNETTO.

Tu dois haïr le parti *noir.*
Les *noirs* sont les amis des princes germaniques;
Avec eux, l'étranger et ses lois tyranniques;
Au contraire, avec nous, Guelfes jusqu'à la mort,
Le pays décidant lui-même de son sort....

GUIDO, *à part.*

Pauvre pays!

BRUNETTO.

Le droit et la foi pour cortége,
La liberté croissant à l'ombre du Saint-Siége;
Voilà bien, n'est-ce pas, ton rêve et ton désir?
Quel est l'autre parti que tu pourrais choisir?
Qu'un esprit médiocre aux craintes soit en butte;

Rien ne te manque, à toi, pour cette grande lutte!
Des sciences tentant le sommet inconnu,
Jusqu'au *quadrivium* n'es-tu pas parvenu?
N'as-tu pas, adoptant leurs passions lointaines,
Comparé Cicéron, Eschine, Démosthènes?
Comme ces hommes forts que ton cœur adora,
Va tonner au forum, descends dans l'Agora;
Leur gloire t'est possible, et je te la propose.

GUIDO, *à part.*

Vrai Dieu! la politique est une belle chose!

DANTE, *après un silence.*

Je vais récompenser bien mal vos longs efforts;
Mais cette lutte veut des athlètes plus forts,
De tous vos orateurs Dante serait le pire!
D'ailleurs, il n'est rien là qui m'invite et m'inspire;
Il était beau sans doute, au temps des Cicéron,
De donner à sa voix la force du clairon;
Le monde entier servait d'auditoire au grand homme,
Et ses cris ébranlaient les collines de Rome!
Mais à Florence, ici, rien de pareil, mieux vaut
Choisir ailleurs son but et le mettre plus haut;
Quelque éblouissement que la puissance jette,
Il est encor plus beau de n'être qu'un poète!
— Ah! si ce que je rêve est jamais accompli,
Si, des voiles du temple écartant un seul pli,
J'entrevois tes splendeurs, ô demeure éternelle,
Si le vent infernal m'emporte sur son aile,
Pourrai-je, tout ému, tout pâle, tout tremblant,
M'occuper du parti *noir* ou du parti *blanc?*

BRUNETTO.

Enfant! je te prédis qu'un jour, bientôt peut-être,

Tu mépriseras moins les conseils de ton maître;
Le temps où nous vivons nous saisit malgré nous,
Tu céderas au vent qui nous emporte tous!
Je te connais, va! Grâce à notre vie intime,
J'ai sondé bien souvent ton cœur comme un abîme;
Bien des fois je t'ai vu, dès tes plus jeunes ans,
T'élever comme un roi sur les autres enfants!
Et si l'un d'eux voulait secouer ton empire,
Ta lèvre se crispait comme prête à maudire;
Tu punissais, d'un mot ou d'un geste irrité,
Le crime ou le malheur de t'avoir résisté;
Va, j'ai lu mieux que toi dans ton intelligence :
— TA MUSE, ALIGHIERI, CE SERA LA VENGEANCE!

DANTE.

La vengeance.... la haine.... Oh! non, non, laissez-moi;
Votre parole est dure et me remplit d'effroi;
O mon père! la haine est comme un vent de flamme,
Elle fait un désert de ce qui fut une âme!
Rien de bon, rien de grand n'y saurait plus germer;
Je ne veux pas haïr.... Il est si doux d'aimer!

BRUNETTO.

Eh bien, adieu, mon fils. Réfléchis, songe encore;
Tout le monde t'estime à Florence et t'honore;
Tu peux, demain, avec ton nom et mon appui,
Être nommé *prieur*. Fais ton choix aujourd'hui.
Aucune ambition ne t'est plus interdite.
Adieu, je reviendrai dans une heure. Médite.

GUIDO.

Très-bien, Dante! — Vois-tu, nous n'en avons pas l'air;
Mais les poëtes seuls ont du bon sens, mon cher!
Adieu. Je vais, suivant une douce pratique,
A certain rendez-vous.... qui n'est pas politique!

SCÈNE III.

DANTE, *seul.*

Béatrix! Béatrix! Noble dame, c'est vous
Ma seule ambition, mon rêve le plus doux,
Vous dont le souvenir, comme une voix amie,
Réveillé dans mon cœur l'espérance endormie!
—Mais que vois-je?... C'est elle; ô mon cœur, sois joyeux :
C'est elle!

(*Entre Béatrix, un livre d'heures à la main; elle semble éviter Dante, mais il va à elle.*)

SCÈNE IV.

DANTE, BÉATRIX.

DANTE.

Béatrix! Vous détournez les yeux....
Ma présence aujourd'hui peut-elle vous déplaire?
Pourtant, je ne mérite en rien votre colère;
A cet accueil si froid je ne m'attendais pas,
J'ai tant souffert!

BÉATRIX, *à part.*

Hélas!

DANTE.

Un mot, de grâce!

BÉATRIX.

Hélas!
Mon père le défend....

DANTE.

Eh! quoi! moi qui vous pleure,
Mais que votre présence a ravi tout à l'heure,
Je ne pourrais plus même entendre votre voix,
Moi que vous appeliez votre frère autrefois!

BÉATRIX.

Frère!

DANTE.

Oh! merci, merci! Votre douce parole,
Je l'ai bien reconnue, un seul mot me console;
Si vous saviez combien je souffre, mais combien,
Béatrix, un regard de vous me fait de bien!
Je vous dois tout, espoir, courage, vertu même,
Ma première pensée et mon premier poème!
— Tenez, un souvenir : j'avais alors vingt ans,
Et vous quinze. C'était par un jour de printemps.
Nous visitions, nos deux familles réunies,
Le monte Caprione. Et là, mille harmonies
La grande mer où vient se perdre la Magra,
Le couvent del Corvo que ce beau ciel dora,
Le bruit des eaux tombant dans les larges ravines,
Tout préparait mon cœur aux extases divines!
— Quand j'eus bien écouté Dieu qui parlait en moi,
Je vous cherchai des yeux.... mais je pâlis d'effroi :
Un abîme béant.... et de vous nul vestige!
Je m'élance, je cours, comme pris de vertige....
Tout à coup! Au sommet du mont resplendissant
Vous reparûtes, seule! Et le soleil naissant
Vous couronnait là-haut d'une lueur étrange,
Et — pardon, Béatrix — et je crus voir un ange!
Mon cœur plus ardemment me sembla palpiter,
Je sentis mon front plein comme près d'éclater,
Je compris que mon âme avait été choisie
Par un hôte nouveau, c'était la poésie!
C'était ce don sacré, ce rayon immortel
Qui, me venant de vous, semblait venir du ciel!

Pour moi, ce fut un signe, un ordre de Dieu même,
Et depuis ce jour-là, Béatrix, je vous aime.

BÉATRIX.

Un souvenir aussi, Dante : c'était le soir,
Vos parents et les miens étaient allés s'asseoir
Là-bas, au bord du fleuve, et l'on vous dit : « Poète
» Voilà longtemps déjà que ta voix est muette,
» Dis-nous un de tes chants. » — Et j'entendis bientôt
Votre voix, et mon cœur s'émut au premier mot.
Qui donc ouvrit pour vous les portes de l'abîme,
O Dante? Sur ces vers, sur ce tableau sublime
Où lui-même en pleurant l'Amour se condamnait,
Quelque chose d'austère et de tendre planait!
— A ces graves accents pâlit plus d'une femme,
Et moi dans le secret je vous donnai mon âme!
— Mais vous m'aviez promis — vous en souvenez-vous? —
De me donner ces vers, récit terrible et doux,
L'histoire des amants de Rimini.... Quel charme
Dans ces vers! Chaque mot tombe comme une larme!
Et puis, quelle leçon!

DANTE, *prenant une de ses feuilles de parchemin.*

Béatrix, les voici.

BÉATRIX.

Poète gracieux, nous vous disons merci!
Puisse toujours le ciel inspirer votre lyre!
Ces vers que nous aimons, nous allons les relire,
Notre âme se complaît à ce récit touchant.

DANTE, *à part.*

O mon Dieu, quelle est belle!

BÉATRIX, *lisant.*

ENFER. CINQUIÈME CHANT *.

Alors je dis, ému de ces spectacles sombres :
« Poète, je voudrais parler à ces deux ombres
» Qui cèdent au vent noir en se touchant du front.

— » Dès que tu les verras passer plus près ensemble,
» Appelle-les au nom d'Amour qui les rassemble,
» — Me répondit Virgile — appelle, elles viendront. »

Dès que le tourbillon vers nous les eût portées :
« Si rien ne le défend, âmes déshéritées,
» — Criai-je — arrêtez-vous, parlez-nous un moment. »

Comme, d'un même essor montant à tire d'ailes
Au doux nid des amours, deux colombes fidèles
Fendent, d'un vol rapide et sûr, le firmament;

Ainsi, quittant la foule où l'adultère souffre,
Traversant la tempête horrible et le grand gouffre,
Les deux âmes vers nous ont dirigé leur vol :

« Mortel compatissant et gracieux qui daigne
» Nous visiter aux lieux où la tourmente règne.
» Nous dont le sang rougit naguère un autre sol;

» Si nous étions aimés du souverain des mondes,
» Payant mieux ta pitié, nos prières fécondes
» Demanderaient pour toi le repos qui nous fuit....

» Du moins, nous t'écoutons; parle, ou, si mieux tu l'aimes,
» Mortel, selon tes vœux nous répondrons nous-mêmes,
» Puisque s'apaise un peu le vent noir de la nuit!

» La terre où je naquis s'étend près des rivages
» Où l'Eridan, avec ses compagnons sauvages
» Qui l'enflent de leurs eaux, s'élance dans la mer;

* Je donne, tout au long, cette traduction de l'épisode de Françoise de Rimini; il est évident qu'il faudrait en retrancher la plus grande partie, au premier et au troisième acte, si la pièce était représentée.

» Amour, si prompt à vaincre un cœur tendre ou rebelle,
» A cet infortuné me fit paraître belle....
» O beauté périssable! O souvenir amer!

» Amour, qui lorsqu'on est aimé veut que l'on aime,
» M'unit à Paolo dans une heure suprême...
» A jamais maintenant Paolo m'est uni!

» Amour nous fit trouver la mort à la même heure;
» Celui qui nous frappa, dans l'horrible demeure
» Où fut plongé Caïn sera bientôt puni. »

DANTE, *interrompant.*

Quel charme, Béatrix, a votre voix que j'aime!
Dans mes vers, lus par vous, je me complais moi-même!
Eh bien! quoique pour moi ce charme soit puissant,
Ces vers.... n'achevez pas de les lire à présent;
Mais si jamais, malgré mon respect si sincère,
Vous aviez, Béatrix, un reproche à me faire,
Pour me voir à vos pieds repentant et confus
Achevez seulement ces vers interrompus.

BÉATRIX, *souriant.*

Je me rappellerai ce désir, prenez garde!
(*Elle met les vers dans son aumônière.*)

DANTE.

Béatrix! Béatrix! Lorsque je vous regarde,
Que je vous vois ainsi près de moi, je crois voir
Un ange bienveillant qui m'apporte l'espoir,
Je ne crains plus du sort l'inconstance jalouse,
Et je bénis ma sœur, en attendant l'épouse!

BÉATRIX.

Epouse?... Frère, adieu!

DANTE.

Béatrix!

BÉATRIX.

Voyez-vous,
N'envions pas ces noms ou d'épouse ou d'époux;
Les hommes, attachés aux choses de la terre,
N'ont jamais de l'amour entrevu le mystère;
Ce n'est pas dans ce monde où tout est triste et vain
Que nous le comprendrons ... c'est au séjour divin!
Aussi croyez-le bien, frère de ma pensée,
Mon âme vers le ciel s'est toujours élancée;
Ah! pour entendre mieux les célestes accords,
Que ne puis-je briser les entraves du corps?
Mais, suivant le chemin que nous devons tous suivre,
Dans l'espoir de la mort je me résigne à vivre!
C'est là-haut qu'est la joie et le suprême bien,
Là-haut le grand amour.... les nôtres ne sont rien!
Rien n'est stable ici-bas, le bonheur est avare;
Un hasard nous unit, un autre nous sépare;
Mais, là-haut, les regards vont, sans cesse et plus doux,
De l'immortelle épouse à l'immortel époux!

DANTE.

Béatrix! Béatrix! Que voulez-vous me dire?
N'ai-je donc plus d'espoir?

BÉATRIX.

Adieu.... Je me retire,
Mon père....

DANTE.

Au nom du ciel, témoin de ma douleur,
Apprenez-moi, serait-ce encor quelque malheur,
Apprenez-moi mon sort; de ce que je dois craindre
Instruisez-moi du moins.

BÉATRIX.

Oui, j'aurais tort de feindre.
Apprenez donc ce qui sera public demain :

Mon père.... du courage! Il a promis ma main
Au chevalier Bardi....

DANTE.

Juste ciel !

BÉATRIX.

Adieu, Dante ;
Coupable en vous parlant, ou du moins imprudente,
Je ne puis prolonger.... Mais on vient par ici,
C'est lui, le chevalier; Dante, adieu. Le voici.

(*Béatrix entre dans sa maison. Bardi paraît, traverse le jardin, jette à Dante un regard de triomphe et entre dans la maison de Béatrix.*)

SCÈNE V.

DANTE, *seul.*

Le chevalier Bardi!... Chez Béatrix.... chez elle!
Comme son front déjà de bonheur étincelle,
Et quel regard superbe il a jeté sur moi!
— Pauvre poète! Allons, pleure, souffre et tais-toi....
Il est riche, cet homme, entre les plus prospères,
Il a cet or créé pour éblouir les pères!
Demain, à la richesse il joindra le pouvoir,
Il sera *prieur,* lui! Prieur....

(*Après un silence.*)

Quel fol espoir!
— Portinari pour gendre accepterait peut-être
Celui que tout un peuple aurait choisi pour maître....
Moi Dante.... Moi prieur! Pourquoi pas, après tout ?
Dans mes veines c'est bien un noble sang qui bout;
Cette ardeur que je cache et tiens captive encore,
C'est peut-être un dessein vaste qui veut éclore!
— Ah! tentons le combat, enfin, puisque le prix
C'est la paix pour Florence et pour moi Béatrix!

— A nous deux, chevalier Bardi ! J'ose le croire,
Tu t'es flatté trop tôt d'une double victoire!
—D'ailleurs, qui sait?... Peut-être, en me frappant ainsi,
Sur moi la Providence a ses desseins aussi;
Peut-être Dieu veut-il, m'arrachant de mon ombre,
Susciter un sauveur au navire qui sombre!
Mais quel parti choisir? Vers lequel incliner?
Pour parler à ce peuple et pour le dominer,
Il faut montrer mon but, mettre ma préférence
Sur l'un des deux partis qui divisent Florence...,
Lequel?... Les *noirs*.... les *blancs*.... Ah! je le sens trop bien,
Ni les *blancs*, ni les *noirs* n'ont accompli le bien;
Chacun, aux intérêts de tous songeant à peine,
Ne parle du pays que pour servir sa haine!
A Florence, en Toscane, et bien loin à l'entour,
La force et le hasard triomphent tour à tour!
—Ah! je voudrais.... Oui, oui, dans ce désordre immense,
Il faut jeter au sein de ce peuple en démence
Quelque chose de grand, d'inconnu, d'inouï,
Qui fasse dire à tous : Confions-nous en lui !
Un mot.... un mot est tout quand il soulève un monde !
Au peuple, à cette foule, à cette mer profonde,
A ce sombre océan devant moi soulevé
Que dirai-je demain?
(*Après un long recueillement.*)
J'ai trouvé! j'ai trouvé!

SCÈNE VI.

DANTE, BRUNETTO.

BRUNETTO.

Eh bien, mon fils, as-tu réfléchi?

DANTE.

Oui, mon maître,
Et j'ai changé d'avis.

BRUNETTO.

Bien ! Je puis te promettre
Que mon parti....

DANTE.

Non! non! je craindrais d'être ingrat.
Annoncez que je vais briguer le *priorat*,
Voilà tout....

BRUNETTO.

Mais enfin le parti *blanc*....

DANTE.

Mon père,
Bientôt nous n'aurons plus qu'un seul parti, j'espère.

BRUNETTO.

Je ne puis te comprendre.

DANTE.

Adieu, maître ; à demain ;
Je vais prier le Dieu qui tient tout dans sa main.
— Et toi qui me prêtais tes espaces sans bornes,
Tes sommets désolés et tes abîmes mornes,
Nature! qui semblais me parler si souvent
Dans les rumeurs de l'onde et les soupirs du vent,
Quand le rauque ouragan troublait tes solitudes!
Dis-moi comment on parle aux grandes multitudes,
Répands dans mon esprit et verse dans mon cœur
Ta flamme et tes éclairs pour que je sois vainqueur,
Nature! pour dompter la discorde grondante,
Mets ta force dans l'âme et dans la voix de Dante!

FIN DU PREMIER ACTE.

ACTE II.

(Une vaste salle dans la maison de Béatrix. Fenêtres donnant sur la place du Marché-Vieux. Portes à droite et au fond.)

SCÈNE PREMIÈRE.

BARDI, TORELLO.

TORELLO.

Quoi ! vous voulez rester ici lorsque l'on compte
Les votes au palais ?

BARDI.

Comment cacher ma honte
Devant tant de regards, si Dante était nommé ?
Mieux vaut attendre ici que tout soit consommé.

TORELLO.

Ici, chez Béatrix Portinari ?

BARDI.

Chez elle.
Dante et moi nous avons une double querelle ;
Je l'attends donc ici. Dante, j'en suis certain,
Y viendra si son nom sort vainqueur du scrutin ;
S'il est nommé *prieur*, j'ai ma revanche prête.

TORELLO.

Il ne le sera pas, j'en réponds sur ma tête !

BARDI, *regardant pur une fenêtre.*

Voyez donc, Torello, comme le Marché Vieux
Est inondé de peuple!... Artisans, curieux,
Bourgeois, tous attendant mon sort... Oh! j'ai la fièvre.

TORELLO.

Vous serez *prieur*, vrai comme je suis orfèvre!
Et je voudrais bien voir qu'on ne vous nommât pas!
J'ai prodigué pour vous mon crédit et mes pas,
Engagé votre nom, annoncé vos largesses;
J'ai fait sonner bien haut l'or qui remplit vos caisses;
J'étais sûr du succès .. Je me suis compromis,
C'est ainsi que l'on doit agir pour ses amis!
—Oui, chevalier, encor quelques moments d'attente
Et vous serez *prieur*.

BARDI.

Mais le discours de Dante...

TORELLO.

Eh bien, quoi? Ce discours...

BARDI.

On l'a fort applaudi.

TORELLO.

Craignez-vous un discours, vous chevalier Bardi?

BARDI.

Pourtant, dans ce discours, il faut le reconnaître,
Bien des choses pouvaient plaire au peuple, mon maître;
De nos dissensions il a fait un tableau
Dont plus d'un a frémi...

TORELLO.

Pas moi! pas Torello!
Dans mes convictions je suis inébranlable,
Je suis un vrai rocher...

BARDI, *à part.*

Léger comme le sable!

TORELLO, *pensif.*

Chevalier, franchement, croyez-vous qu'au pouvoir
Dante arrive?...

BARDI.

Non! Non! Mais il faut tout prévoir.
Sans appuyer les *blancs* plus que les *noirs*, en somme:
« Je ne serai d'aucun parti si l'on me nomme, »
—A-t-il dit,—et par là lui-même se formait
Un parti tout nouveau qui déjà l'acclamait.
Ce sont des mots puissants qu'il vient de faire entendre:
« Vers un seul but, amis, nos efforts doivent tendre,
« Conciliation! Paix! Concorde!...

TORELLO.

Et d'abord,
Nous ne voulons pas, nous, qu'on nous mette d'accord!
Si nous aimions la paix, nous ferions-nous la guerre?
Ah! ça, mais, chevalier, je ne vous comprends guère:
Vous doutez du succès! —Voyons, que craignez-vous
De Dante? En vérité, ces poètes sont fous!
Espérer que jamais à vous on le préfère,
Vous plus puissant qu'un roi, vous commerçant prospère,
Et qui de vos vaisseaux encombrez Amalfi!
Un faiseur de sonnets croire qu'on puisse. . Fi!

BARDI.

Voilà ce qui pour lui redoublerait ma haine!
Cet homme-là n'a rien, quelques florins à peine,
Il vit péniblement, mais il vit toujours fier,
Et quand son œil s'allume, on dirait un éclair !
Tenez, quand il parlait à la foule assemblée,
Sous son geste et sa voix mon âme s'est troublée;
Il semblait regarder tout ce peuple qui bout
Comme un pilote calme, au gouvernail debout;
Et sa parole, au sein de cette multitude
Tombait, sans qu'il perdît sa sereine attitude !
Et, devant cette voix, ce geste, ce maintien,
Mes trésors entassés ne me servaient de rien!
Comprenez-vous cela? qu'on ait tout : la puissance,
La réputation, les honneurs, la naissance,
Et qu'il faille, le jour des grands combats venu,
Courber le front devant un pouvoir inconnu :
Le pouvoir du talent qui se fait reconnaître!
— Pourtant, l'or est le Dieu, l'or est en tout le maître,
Il devrait donc donner génie, amour, savoir...

TORELLO.

Oui, quand on a de l'or on devrait tout avoir!
Riche, on est bon à tout. Mais à quoi sert, de grâce,
Un homme de génie? A rien. Il embarrasse.
Le talent, dira-t-on, doit me flatter! En quoi?
L'esprit... L'esprit... Cela m'en donne-t-il, à moi?
— Ça, chevalier, je crois qu'il est temps de nous rendre
Au palais...

BARDI.

Allez seul, et vous viendrez m'apprendre
Ici le résultat du vote.

TORELLO, *à part.*

Il ne vient pas...
Est-ce qu'en l'appuyant j'aurais fait un faux pas?
(*Haut.*)
Venez aussi...

BARDI.

Non ! non !

TORELLO.

Par mon orfévrerie!
S'il est vaincu, j'aurai fait une étourderie!...
(*Haut.*)
Adieu. Dans un instant vous serez proclamé
Prieur, cher chevalier.
(*A part, en sortant.*)
Si Dante était nommé !

SCÈNE II.

BARDI.

Double traître! j'ai lu dans son regard oblique,
Et malgré tous ses soins, sa lâcheté s'explique;
Il m'appuie en tremblant, et, déjà dans son cœur,
Il me trahit vaincu, mais me flatte vainqueur!
— Quelqu'un vient...

(*Béatrix entre par le fond, et va avec anxiété à une des fenêtres, sans voir Bardi, retiré dans l'ombre.*)

SCÈNE III.

BARDI, BÉATRIX.

BÉATRIX.

O mon Dieu, pardonnez si j'espère ;
Je ne veux pas braver, je veux fléchir mon père.
— Dante n'a recherché le pouvoir que pour moi;
Je veux l'aider, du moins, de mes vœux...

BARDI, *s'avançant.*

Sur ma foi,
Madame, mon rival, — serait-il vaincu même, —
Ne saurait plus avoir de regrets, puisqu'on l'aime !

BÉATRIX.

Ce langage, seigneur... Mais mon père m'attend,
Et d'un plus long retard il serait mécontent;
Vaincu, vous le savez, par la souffrance et l'âge...

BARDI.

Il a besoin de vous dont l'aspect le soulage.
Pourtant, lui-même veut que je vous parle ici ;
Son désir, j'en suis sûr, sera le vôtre aussi.

BÉATRIX.

Parlez.

BARDI.

Vous vous bercez d'une espérance folle,
Votre père déjà m'a donné sa parole;
Lui résisterez-vous, Béatrix?...

BÉATRIX.

Non, Seigneur:

Le devoir accompli remplace le bonheur!
A la voix paternelle, ou favorable ou dure,
Une fille chrétienne obéit sans murmure.
Vous serez mon époux, si mon père le veut!
Mais je le bénirai, si ma douleur l'émeut.

BARDI.

Je serai votre époux; mais un autre, Madame,
Un autre que je hais régnera dans votre âme,
Un pareil souvenir peut-être...

BÉATRIX.

Ecoutez bien :
En engageant ma foi, je ne réserve rien ;
J'ai pu pâlir d'abord devant la destinée,
Mais, aux pieds des autels, tout-à-l'heure, inclinée,
J'ai dit : Mon Dieu ! mon Dieu ! mon espoir est perdu,
Que ferai-je? — Et voici ce qu'il m'a répondu :
« O femme, tu feras ce que ton père ordonne;
» Tu livreras ta main, sans que ta main frissonne;
» L'époux qu'on va t'offrir, tu vas le recevoir;
» Le bonheur ne peut être où n'est pas le devoir ! »
Je dois donc obéir aux ordres de mon père;
Mais je puis le fléchir encore, et je l'espère.

BARDI.

Vous ne connaissez pas ma force, je le vois;
Votre père, demain, tremblerait à ma voix
S'il osait retirer sa foi qu'il m'a donnée,
J'ai dans mes mains son nom, son rang, sa destinée;
Il vous expliquera lui-même mon pouvoir;
Allez l'interroger, vous pourrez tout savoir.

BÉATRIX.

Puisqu'il en est ainsi, que le ciel vous pardonne;
La route où vous marchez, seigneur, n'est pas la bonne;
Je comprends, à cette heure, en vous disant adieu,
Que c'est pour vous surtout que je dois prier Dieu.

BARDI.

Allez interroger votre père, Madame.

(*Béatrix sort par la porte du fond.*)

SCÈNE IV.

BARDI.

Moi-même avec effroi je descends dans mon âme!
Tandis que Béatrix, avec cette froideur,
Me parlait, je sentais je ne sais quelle ardeur
S'emparer de mon être! — Oh! la haine! la haine!
Elans tumultueux dont mon âme était pleine,
Sombres ressentiments, n'éclatez pas encor!
Le jour viendra bientôt où vous prendrez l'essor,
Contenons-nous! Et quand l'heure sera venue,
Comme la foudre brille en déchirant la nue,
Que toute votre ardeur à la fois s'échappant
Ressemble au feu du ciel : ne brillez qu'en frappant!
— Mais ce but où toujours aspira mon envie,
Le pouvoir! le pouvoir! Ce rêve de ma vie
Va m'échapper peut-être aujourd'hui... Le pouvoir!
— Si Dante... Oui, sans doute; il me reste un espoir....
Etre prieur... Parler aux rois que l'on égale.
Tenir pour qui l'on hait la balance inégale,
Etre implacable et fort! — Le pouvoir... je l'aurai.
Que Dante accepte!... Et s'il refuse?... J'essaierai.

SCÈNE V.

BARDI, TORELLO.

TORELLO.

Vous n'êtes pas nommé! Je suis perdu! Nous sommes
Tous perdus, tous, vous dis-je! Oh! les hommes! les hommes!

BARDI.

Ainsi, Dante est nommé? Je le pressentais bien.

TORELLO.

Ah! vous le pressentiez et ne m'en disiez rien!
Et vous m'avez laissé pour vous me compromettre!
Par le ciel! Ce jeu-là n'est pas loyal, mon maître!
Vrai Dieu! Lorsque l'on met ses amis en avant,
On doit être bien sûr d'avoir pour soi le vent;
On ne doit leur offrir que des chances propices,
Leur signaler à temps écueils ou précipices,
Se sacrifier même aux moments dangereux,
Ou du moins réussir... par intérêt pour eux!
— Qu'elle vous plaise ou non, voilà ma théorie.

BARDI.

Çà, Maître Torello, répondez, je vous prie:
Vous me devez depuis un an cinq cents ducats,
Quand me les rendrez-vous?

TORELLO, *majestueux.*

Jamais! — Et vous, mes pas,
Mes démarches, ma voix à vous servir perdue,
Quand me les rendrez-vous? — La chose est entendue,
Nous sommes quittes! — Mais je vois Dante venir.

Grand homme, celui-là! qui semble réunir
Tous les talents...

SCÈNE VI.

LES MÊMES, DANTE.

TORELLO.

Entrez, entrez donc, seigneur Dante!
(*A part.*)
Réparons, s'il se peut, ma conduite imprudente.
(*Haut.*)
Ah! Seigneur Dante, rien ne saurait exprimer
Tous mes transports! — J'ai su toujours vous estimer,
Et je bénis le ciel qui vous donne l'empire.
Votre clémence...

DANTE.

Oui, si le Seigneur m'inspire,
Je veux, pour commencer, couvrir de mon appui
Mes ennemis d'hier, mes frères aujourd'hui.

TORELLO.

O clémence! O grandeur! Dire que par ma faute
J'ai méconnu longtemps une vertu si haute!
Vous êtes à mes yeux le meilleur des humains.
Permettez-moi, seigneur, de vous baiser les mains!

DANTE.

Non! non! Ce ne sont pas les bassesses que j'aime;
Ce serait avilir vous, le peuple et moi-même.
— Maintenant, laissez-nous.

TORELLO, *à part.*

Il est fier! — Cependant,
Attachons-nous à lui... C'est d'un homme prudent.

SCÈNE VII.

DANTE, BARDI.

(*Dante, sans regarder Bardi, va vers la porte du fond.*)

BARDI, *l'arrêtant.*

Où vas-tu?

DANTE.

Chez Folco Portinari.

BARDI.

Le père
De Béatrix! C'est bien! On est jeune, on espère.
Que vas-tu faire là?

DANTE.

Tu le devines bien.

BARDI.

Oui, tu veux mesurer ton pouvoir et le mien.
Tes moyens de succès sont-ils nombreux, mon maître?

DANTE.

Tu les redoutes donc pour les vouloir connaître?

BARDI.

Je ne redoute rien, mais je te plains tout bas.

DANTE.

Sûr de m'avoir vaincu, tu ne me plaindrais pas.

BARDI.

Portinari, crois-tu, va te donner sa fille;
Ton regard te trahit, trop d'espérance y brille.

DANTE.

Quoique l'orgueil soit grand, je ne m'en défends pas.

BARDI.

Alors, écoute-moi, Dante : tu perds tes pas;
Folco Portinari ne peut plus se dédire,
Sur de trop bons appuis j'ai fondé mon empire.
(*Tirant des papiers de sa poche.*)
Regarde... Tu connais sa signature... Vois!
Sa fortune, son nom... Ah! tu restes sans voix!
Je suis son créancier.

DANTE.

Mais ce serait infâme,
Chevalier : à ce prix acheter une femme?
Ce serait trop infâme et trop lâche, en effet;
Tu ne le feras pas.

BARDI.

Non, je l'ai déjà fait!
J'ai de l'or. Je m'en sers. C'est logique. Raisonne :
A quoi penses-tu donc que la richesse est bonne?
Comprends ceci : Folco ne peut, en vérité,
Pour toi seul se réduire à la mendicité;
Béatrix, apprenant ce secret qu'elle ignore,
Fera tout pour sauver un père qu'elle honore;
D'ailleurs, elle est déjà résignée, et bientôt...

DANTE.

Il suffit, chevalier; n'ajoute pas un mot.
Tu me ferais douter de tout ce qu'on vénère,
De la vertu, de Dieu qui retient son tonnerre!
Je sors. Reste flétri pour cette lâcheté,

Triomphe d'un bonheur à ce prix acheté;
Mais tu sauras peut-être un jour ce qu'il en coûte
Pour braver les remords...

BARDI.

Ecoute encore, écoute:
Si tu veux, Béatrix... je vais te la céder,
Et moi-même pour toi je vais intercéder
Près de Portinari.

DANTE.

Comment! Que veux-tu dire?
Est-ce une raillerie? Assez. Je me retire.

BARDI.

Reste. Je te l'ai dit, je te le dis encor:
Béatrix, ton espoir, ton rêve, ton trésor,
Béatrix est à toi, si tu le veux.

DANTE.

Qu'entends-je?
Je ne puis m'expliquer ce changement étrange;
Vous que d'un tel bonheur je croyais si jaloux,
Pour un si grand bienfait que me demandez-vous?

BARDI.

Presque rien, ou, du moins, bien peu pour toi sans doute:
Renoncer au pouvoir.

DANTE.

Ah! je comprends...

BARDI.

Ecoute:
Obtenant le pouvoir, tu pensais obtenir

Béatrix, n'est-ce pas? Au lieu d'y parvenir,
Tu t'éloignes du but. Eh bien, je t'y ramène.
Je te rends Béatrix. Ma parole est certaine.
— Si tu songes encore au pouvoir désormais,
C'est que tu n'aimais pas et n'aimeras jamais.

DANTE.

O mon Dieu!... Béatrix!... Béatrix!... C'est un songe;
Bardi, ce n'est donc pas une feinte, un mensonge?
Tu ne l'aimes donc pas? Réponds vite, à ton tour!

BARDI.

L'ambition en moi l'emporte sur l'amour.
— Mais toi, que te faut-il? L'heureux loisir, poète;
La nature, au printemps, qui pour toi semble faite;
L'éternel paradis ouvert aux amoureux.
Laisse-moi le pouvoir, te dis-je, et sois heureux!

DANTE.

Eh bien, puisqu'à mes pas s'ouvre encor cette voie,
J'accepte, chevalier, et j'accepte avec joie;
J'accepte... Mais si Dieu, juge mieux éclairé,
Juge que je fais mal, qu'un indice assuré
Vienne rendre à mes yeux sa lumière évidente...

VOIX DU PEUPLE, *au-dehors.*

Vive Dante prieur! Vive le prieur Dante!

DANTE.

Le peuple... C'est sa voix; cette voix, entends-tu?
Quand on la comprend bien, enseigne la vertu!
Comme moi tu l'entends, cette voix qui me crie :
Dante, songe avant tout au bien de la patrie!

BARDI.

Tu n'acceptes donc pas?

DANTE.

Je veux d'abord savoir
Si je peux en tes mains remettre le pouvoir.
Dis, si je te cédais le pouvoir, ton envie,
Qu'en ferais-tu? Réponds. Renîrais-tu ta vie?
Voudrais-tu maintenir à Florence la paix,
La concorde? Réponds. Et si tu me trompais,
Malheur à toi!

BARDI.

Je n'ai pas le désir de feindre,
Mais de moi que veux-tu que le peuple ait à craindre?

DANTE.

Tout. D'après le passé je puis le préjuger.
Pourquoi toi me répondre et moi t'interroger?
Ton regard me répond d'une façon trop claire,
Ton désir du pouvoir ressemble à la colère!

BARDI.

Tu me refuses donc?

DANTE.

Oui. Tu crois que j'irais
Te livrer mon pays pour mes seuls intérêts!
Eh quoi! Je promettais au peuple tout-à-l'heure,
Mes efforts prodigués pour une ère meilleure;
Et, de ces soins pieux prompt à me départir,
Pouvant le faire heureux, je le ferais martyr!
C'est un crime, après tout, ce que tu me proposes;
Le piége était caché sous les plus douces choses:

Béatrix, le bonheur, l'amour en qui j'ai foi,
Qui n'eût pas hésité? — Tentateur, laissez-moi !
Je suis fort contre toi : depuis hier, dans mon âme
D'une ambition sainte a pénétré la flamme;
Rien ne peut désormais en moi l'anéantir;
En parlant à ce peuple ému j'ai cru sentir,
J'ai senti, l'âme fière, étonnée, attendrie,
Palpiter sous ma main le cœur de la patrie!
J'ai versé mon amour dans son sein réchauffant,
Comme fait dans le sein maternel un enfant;
Va, va, tu t'es flatté d'une folle chimère :
On ne trahit pas plus son pays que sa mère!

BARDI.

Poète encor! toujours! Donc, tu n'acceptes pas?
Prends garde, Dante! Un jour tu te repentiras.

(*Entrent Guido et Brunetto. En même temps, Béatrix paraît au fond.*)

SCÈNE VIII.

DANTE, BARDI, BRUNETTO, GUIDO, BÉATRIX.

BÉATRIX.

Dante! Hélas! — Que ma voix, dans l'épreuve nouvelle,
Le console du moins.

BRUNETTO.

Fils, le peuple t'appelle.
Le peuple, dont le sort est remis en ta main,
Du palais des prieurs va t'ouvrir le chemin.

— Du parti *blanc* tu viens de tromper l'espérance;
Permets-moi, cependant, ô prieur de Florence,
Un conseil paternel : en sortant de ce lieu,
Dante, à la poésie il te faut dire adieu;
C'est un siècle d'airain que le siècle où nous sommes;
Sois homme, si tu veux lutter avec les hommes!
Si tes rêves chéris reviennent, chasse-les,
Il le faut! — Maintenant, entre dans ce palais.

BÉATRIX.

Entrez dans ce palais, Dante, ayez bon courage,
Ayez le cœur plus fort, si plus rude l'ouvrage!
Si vous souffrez, songez, pour ne pas vous aigrir,
Que vous n'êtes pas seul dans ce monde à souffrir,
Et que nous reverrons tout ce que nous aimâmes
Dans un monde meilleur où vont les nobles âmes!
Souvenez-vous aussi que je vous appelais
Mon frère. — Et maintenant, entrez dans ce palais!

GUIDO.

Eh bien! puisqu'aux honneurs rien ne peut te soustraire,
Entre dans ce palais. Adieu, Dante! Adieu, frère!
Entre dans ce palais, et laisse sur le seuil
Ton pauvre ami pleurant près de ta muse en deuil!
Je visiterai seul, avec ta jeune muse,
Le fleuve qui t'aimait et qui déjà t'accuse;
Mais, pour te consoler, je viendrai bien des fois
T'apporter, mon ami, les nouvelles des bois.
Je te raconterai les prés et les fontaines
Dont tu n'entendras plus que les rumeurs lointaines;
Toute cette nature, enfin, où tu mêlais
Ton âme. — Et maintenant, entre dans ce palais!

DANTE, *regardant Guido et Béatrix.*

Poésie ! Amour ! Voix qui disent : Indulgence !

(*Regardant Bardi et Brunetto, dont la vue semble lui rappeler une idée.*)

« TA MUSE, ALIGHIERI, CE SERA LA VENGEANCE ! »

FIN DU DEUXIÈME ACTE.

ACTE III.

(Une salle du palais public. Au fond une large porte. A droite une fenêtre. A gauche une porte masquée dans la boiserie. Dans un angle un drapeau (le gonfalon). Au milieu une table couverte de parchemins, sceaux, etc.)

SCÈNE PREMIÈRE.

DANTE, TORELLO.

TORELLO, *indiquant la fenêtre.*

Dès que le gonfalon sera là, j'agirai
Avec tous mes amis.

DANTE.

Tout est-il préparé?

TORELLO.

Sans doute. Je commande, et je vous réponds d'elle,
La milice bourgeoise; elle est forte et fidèle.
Contre les conjurés nous sommes tous d'accord,
Et nous mettrons la main sur les deux chefs d'abord.
C'est que, s'ils triomphaient, à vous parler sans feindre,
Nous qui vous soutenons, nous aurions tout à craindre:
Devant l'orage aussi jamais nous ne plions,
Et quand nous avons peur nous sommes des lions!

DANTE.

Ainsi vous êtes bien de mes amis, mon maître?

TORELLO.

En douteriez-vous?

DANTE.

Non, mais vous passiez pour être
Client du chevalier Bardi...

TORELLO.

Oui, — par malheur!
Un homme sans courage, un homme sans valeur,
Dur, inflexible, fier; puis, avare dans l'âme :
Je lui devais cinq cent ducats, — il les réclame!

DANTE.

Et pour que vous soyez ainsi mon partisan...

TORELLO.

Mais nous vous devons tout! — Oh! de vous, parlons-en;
Vous avez rétabli le calme dans la ville,
On peut sortir sans arme, on peut dormir tranquille,
On voit se ranimer le commerce abattu,
Voilà bientôt un mois qu'on ne s'est point battu !
—Et ces hommes voudraient recommencer?... Non, certe,
Leur premier cri sera le signal de leur perte;
Avec ces forcenés jamais ne transigeons:
Il en est deux qu'il faut punir, nous l'exigeons :
Ser Brunetto, Bardi, — celui-là, je l'espère,
Vous l'épargnerez peu...

DANTE, *à part.*

Mon ennemi... mon père...
O mon Dieu!

TORELLO.

Oui, voilà les deux chefs importants

Qu'il faut frapper, — demain il ne serait plus temps;
Cette sédition doit être la dernière,
Frappons vite et très-dur. C'est la bonne manière.
Punissez ces gens-là sans rien faire à demi,
Et restez le plus fort... Je reste votre ami!
— Adieu. C'est entendu. Le drapeau, la fenêtre...
Nous serons quatre mille, au moins!

DANTE.

Adieu, mon maître.

SCÈNE II.

DANTE, puis BRUNETTO.

DANTE, *seul.*

A quoi tient, ô mon Dieu, le destin des États?
Où donc marchent tous ceux que vous ne guidez pas?
— Cet homme qui me sert aujourd'hui, qui m'encense,
M'outragera demain si je perds ma puissance!
— Maintenant, Brunetto va venir; mais pourquoi
Ce rendez-vous secret qu'il me demande, à moi,
Ici? — N'entends-je pas frapper?... C'est lui, sans doute.

(Dante ouvre la porte secrète. Brunetto entre.)

BRUNETTO.

Ne perdons point de temps.

DANTE.

J'ignore, maître...

BRUNETTO.

Écoute
Mes conseils ne t'ont pas manqué depuis un mois,

Tu m'as obstinément repoussé chaque fois.
C'est un dernier effort aujourd'hui que je tente;
Il faut te décider. Florence est dans l'attente.
Ton système sembla réussir quelques jours;
La haine des partis reprit bientôt son cours,
Ce devait être ainsi. Dans le siècle où nous sommes
Dieu seul peut rétablir la paix entre les hommes.
Tu le vois, à présent les haines ont grandi.
Plus ardent est le feu que tu crus attiédi.
Quant à moi, ce n'est pas à mon âge qu'on change :
Né Guelfe, je mourrai Guelfe. — Ton rêve étrange
De concorde et de paix n'est pas de notre temps;
Deux partis, acharnés depuis plus de trente ans,
Se disputent Florence et toute l'Italie,
Pourtant le parti *noir* au parti *blanc* s'allie!
Car tous deux de ta chute ont le même désir...

DANTE.

Afin de se combattre après tout à loisir!
— Maître, voilà longtemps que ma réponse est prête :
Je persiste. Sans doute il y va de ma tête;
Quoi qu'il puisse advenir, je ferai mon devoir.
Vous êtes deux partis, mais je suis le pouvoir!
Et la loi doit régner seule, intacte, absolue.
— Tenez, maître, brisons; la chose est résolue.

BRUNETTO.

Réfléchis bien. Les deux partis sont contre toi.

DANTE.

Je sais depuis longtemps tout cela, maître.

BRUNETTO.

Quoi!

Tu sais...

DANTE.

Votre alliance avec Bardi; oui, certe.

BRUNETTO.

Eh bien! je te le dis: tu touches à ta perte;
Le peuple, aujourd'hui même, avant une heure, ici,
Le peuple doit venir.

DANTE.

Je le savais aussi.

BRUNETTO.

Tu ne peux résister : ce palais est sans gardes.

DANTE.

Mon droit me défendra mieux que les hallebardes,
Mon droit,
(*Montrant le gonfalon.*)
Et ce drapeau. — Mais je sais encor plus,
Tous vos projets, depuis longtemps, me sont connus :
Vous voulez appeler l'étranger à Florence,
— Oui, Charles de Valois, frère du Roi de France. —
C'est infâme, cela!

BRUNETTO.

Poète! — sache bien
Que qui veut triompher doit ne négliger rien.
C'est infâme, as-tu dit! — C'est de la politique,
Et c'est ainsi partout que cela se pratique,
On eût des alliés de tout temps.

DANTE.

A mon tour
Je vous dis : prenez garde! Avant la fin du jour
Vous saurez où conduit la révolte, peut-être;

Tout est prêt. Les *prieurs*,—entendez-vous, mon maître?
M'ont cédé leurs pouvoirs,
(*Montrant un parchemin.*)
Voyez. — En ce moment,
Je porte seul le poids de l'État. Consommant
L'œuvre des mauvais jours par des fureurs nouvelles,
Dans le palais public qu'ils entrent, les rebelles;
Mais je veille, mon œil a suivi tous leurs pas,
Je veille sur ce seuil, — ils ne passeront pas!

BRUNETTO.

Tout est dit, je le vois. Adieu. Quoi qu'il advienne,
Dante, toute âme noble admirera la tienne.
— Avant de nous quitter, ta main, Dante, ta main...

DANTE.

Hélas!

SCÈNE III.

DANTE, *seul.*

Le condamner?... Peut-être dès demain
Sa tête... Eh quoi! Celui qui me tint lieu de père,
Dont les soins ont guidé ma jeunesse sévère,
Qui d'un regard ami me suivait en tous lieux,
De moi seul inquiet, de moi seul orgueilleux;
Celui qui m'inspira, dans une infâme époque,
Ce culte du devoir que contre lui j'invoque!
— Et Bardi... Béatrix sera sa femme... Oh! non,
Cette idée est coupable et me vient du démon,
Le juge ne serait qu'un infâme homicide;
Que ce soit le *prieur*, non l'amant qui décide!

Où donc est Béatrix? ange visible aux yeux,
C'est elle qui toujours m'inspirerait le mieux!
— Que dirait Béatrix? Cette pensée est bonne,
Elle me soutiendra lorsque tout m'abandonne.

(*Après une rêverie.*)

Ah! c'est triste, la vie! Et dans ce gouffre amer
Les jours sont noirs, ainsi que les flots de la mer!
— Poésie, ô ruisseau qui chantes dans les plaines,
Qu'attiédit le printemps de ses chaudes haleines,
Que j'ai passé de jours, seul, ravi, sans parler,
A suivre d'un œil lent tes flots lents à couler!
Jours où de chaque pleur naissait une espérance;
Comme j'étais heureux, même de ma souffrance!
Aujourd'hui, que de soins, de pensers suborneurs...
Comme je souffre, hélas! même de mes bonheurs!
Je suis prieur... je suis maître du rang suprême,
Et je vais m'en servir contre un homme que j'aime!...

(*Il prend un parchemin sur la table.*)

Hélas! — ce parchemin est tout prêt... le voilà...
Un mot... et tout est dit, que vais-je écrire là?

(*La grande porte s'ouvre. Un serviteur introduit une femme voilée.*)

SCÈNE IV.

DANTE, BÉATRIX.

DANTE.

Une femme...

(*Béatrix lève son voile.*)

Grand Dieu! — Vous, Béatrix... Madame!
Vous ici! devant moi!

BÉATRIX.

Sur la foi de mon âme!
Jamais Dante n'aurait vu Béatrix chez lui,
Sans l'austère devoir qui l'exige aujourd'hui.
Je viens donc sans remords, et vous pouvez m'en croire,
Car il y va de votre honneur, de votre gloire;
J'ai quitté la maison où mon père est mourant;
Il faut donc, vous voyez, que l'intérêt soit grand.

DANTE.

Madame, je le crois. Parlez, je vous écoute.

BÉATRIX.

Une nouvelle étrange, et fausse encor sans doute,
A couru dans la ville : on raconte, on prétend
Que les prieurs vont faire un exemple éclatant,
Que vous allez frapper d'une façon terrible
Vos ennemis... enfin, que leur mort, — c'est horrible!
On dit que parmi ceux qu'on va sacrifier
Le chevalier Bardi se trouve le premier.
C'est pour lui que je viens, Dante.

DANTE.

Pour lui, Madame.

BÉATRIX.

Je suis sa fiancée et je serai sa femme.

DANTE.

Et vous venez à moi sans doute dans l'espoir...

BÉATRIX.

Je suis venue à vous, car c'était mon devoir,
Car, en ces jours de deuil, de luttes, de tempêtes,
C'est pour calmer les cœurs que les femmes sont faites!

Je le sais, vous avez des devoirs à remplir,
Devant les factions vous ne pouvez faiblir;
Condamnez, s'il le faut, des partis téméraires,
Mais songez aux enfants, Dante, et songez aux mères!
Soyez fort, mais clément. Songez à l'avenir.
Un acte de clémence est un doux souvenir;
Rehaussant qui triomphe, il console qui tombe,
Et ce parfum divin nous suit jusqu'à la tombe!

DANTE.

Comme tout est en vous calme, pur, bienfaisant!
Oh! je n'hésite plus, Béatrix, à présent;
La mort!... Oh! non, jamais!
(Il écrit rapidement sur le parchemin.)

BÉATRIX.

J'ai bien jugé votre âme,
Dante; adieu, maintenant.

DANTE.

Déjà! déjà, Madame!

BÉATRIX.

Où je n'ai pu venir sans motifs importants,
Dante, je ne saurais demeurer plus longtemps.
La vie est simple à suivre où le sort l'a placée.

DANTE.

Mais au moins un regard plus doux, une pensée,
Un sourire à celui qui souffre de tels maux.
Que pour les exprimer l'homme manque de mots!

BÉATRIX.

Je suis la fiancée et dois être l'épouse
Du chevalier Bardi; de mon honneur jalouse,

Un sourire, un regard ne peut m'être permis,
Ni même un seul regret. Dieu veut des cœurs soumis;
La loi qui vient de lui doit se suivre à la lettre.

DANTE.

Pourtant, vous n'êtes pas heureuse...

BÉATRIX.

Je dois l'être
C'est sortir du chemin que s'écarter d'un pas.

DANTE.

Vous ne m'aimiez donc point?

BÉATRIX.

Je ne m'en souviens pas.

DANTE.

Béatrix! Béatrix! — Non, ce n'est pas possible!
Votre cœur, Béatrix, peut rester insensible,
Mais le mien ne saurait contenir plus longtemps
Le cri de mon amour...

BÉATRIX.

Prenez garde : j'entends!

DANTE.

Eh bien! je braverai votre colère même,
Et je vous dis encore : Béatrix, je vous aime!

(*Béatrix l'arrête d'un regard sévère; puis, elle prend dans son aumônière une feuille de parchemin et lit :*)

BÉATRIX.

Dès que j'eus entendu cette histoire fatale,
Je restai le visage incliné, le front pâle.
« Fils, à quoi penses-tu? — me dit Virgile, alors.

» Hélas ! — lui répondis-je. — Hélas ! combien de rêves
» Et de jours fortunés et de désirs sans trêves
» Les ont conduits au lac des pleurs et des remords ! »

De nouveau m'adressant aux deux ombres dolentes :
« Reçois de ma pitié les preuves consolantes,
» Francesca, ton martyre a fait couler mes pleurs ;

» Mais, dis-moi, dans le temps des soupirs pleins de flamme,
» Par quels signes, comment as-tu lu dans son âme ?
» Comment lui dans la tienne ? Avant tous vos malheurs ! »

Elle à moi : nous lisions souvent les aventures
« De Lancelot, aucun danger dans ses lectures,
» Aucune crainte encor ; nous lisions ses amours ;

» Mais, une fois, nos yeux humides se cherchèrent,
» Nous pâlîmes tous deux, nos mains se rapprochèrent ;
» Un mot surtout, un mot décida de nos jours :

» Nous étions à la page où, tremblant, en délire,
» De l'amante l'amant baise le doux sourire...
» Ce livre et son auteur ont causé tous nos maux !

» Mon amant me baisa la bouche à ce passage,
» Et nous ne lûmes pas ce jour-là davantage. »
Elle dit, et l'autre âme éclatait en sanglots.

Dante, il vous en souvient, vous m'avez dit naguère :
« Si jamais vous avez un reproche à me faire,
» Pour me voir à vos pieds repentant et confus,
» Achevez seulement ces vers interrompus.

DANTE.

A vos pieds, Béatrix, je vous demande grâce !
L'esprit du mal m'a seul inspiré tant d'audace ;

Je n'aurais pas osé, sans lui qui triomphait,
Vous parler même en rève ainsi que je l'ai fait,
A vous, ô Béatrix, dont la vertu suprême
N'a pas besoin d'un ange et se garde elle-même!
Mais je mériterai mon pardon, réparant
Mon crime d'aujourd'hui par un respect plus grand;
Je vous élèverai dans ma pensée un temple,
A vous qui me servez de lumière et d'exemple,
Et je vous placerai, plus radieuse encor,
Au seuil du paradis, sur un nuage d'or!

BÉATRIX.

Eh bien, relevez-vous, Dante : je vous pardonne,
Car tous nous faiblissons quand Dieu nous abandonne,
Et je n'ai pas le droit, moi faible comme tous,
Dante, de me montrer plus sévère pour vous.
Désormais contemplez les beautés souveraines,
Vous résisterez mieux à la voix des sirènes.
Et puis, songez-y, frère : il est des jours meilleurs;
Séparés dans ce monde, on se retrouve ailleurs!
— Dante, adieu maintenant.

(*On entend de grandes rumeurs au dehors.*)

Entendez-vous?

(*S'approchant de la fenêtre.*)

La foule!

La foule! — Regardez : c'est une mer qui roule
Et qui hurle et qui vient...

DANTE.

Ce sont les révoltés,
Le péril est pressant; sortez vite, sortez!

(*Il ouvre la petite porte.*)

BÉATRIX.

Que Dieu veille sur vous, frère de mon enfance !
Rien n'est à redouter s'il prend votre défense,
Bon courage! Je vais prier pour vous.

DANTE.

Merci,
Béatrix !

(*Béatrix sort. Dante prend le gonfalon et l'attache au dehors de la fenêtre. — Bientôt les rumeurs se rapprochent, enfin les portes du fond s'ébranlent, la foule paraît. En tête, deux hommes portant deux drapeaux ; sur l'un de ces drapeaux un lis* noir, *sur l'autre un* blanc.)

SCÈNE V.

DANTE. — LA FOULE.

DANTE, *assis au bureau, froidement.*

Arrêtez. On n'entre pas ici,
Ici tient ses conseils l'illustre seigneurie,
Et nul...

L'HOMME AU LIS NOIR.

Il faut...

DANTE.

Il faut attendre, je vous prie.
Je verrai si je peux vous écouter après.
(*A part.*)
Gagnons du temps, bientôt les nôtres seront prêts.
(*Il parcourt plusieurs papiers, puis se lève.*)

J'écoute, maintenant. — Qu'avez-vous à me dire?
Voyons, pourquoi ces cris qui tiennent du délire?

L'HOMME AU LIS NOIR.

Le peuple vient...

DANTE.

Le peuple! — Où donc est-il?

L'HOMME.

C'est nous,
C'est moi!

DANTE.

Vous vous trompez : le peuple, c'est nous tous.

L'HOMME.

Le peuple ordonne...

DANTE.

Non! Le pouvoir seul ordonne;
Nommé par tous, il n'est aux ordres de personne,
Sachez-le donc!

L'HOMME.

Eh bien! nous désirons qu'enfin
Aux hésitations le pouvoir mette fin.
Deux drapeaux — que voici — sont toujours en présence,
Lequel choisissez-vous?

DANTE.

Le drapeau de Florence!
Je n'en connais point d'autre, et ceux que vous portez
Vous font également traîtres et révoltés!
Dût la mort me frapper pour prix de mes paroles,
Je mettrai sous mes pieds ces factieux symboles!

(Il saisit les deux drapeaux et les jette à ses pieds. La foule furieuse s'élance vers lui.)

Plus un pas !
(*Montrant la fenêtre où est le gonfalon.*)
Regardez, jugez, écoutez bien :
Toute une armée est là. Chaque bon citoyen,
Celui que le travail avec honneur fait vivre,
Celui qu'aucune idée envieuse n'enivre,
Noble, artisan, bourgeois, tous ceux qui tous les jours
Ont besoin de la paix que vous troublez toujours,
Prévenus par mon ordre, à mon appel accourent,
— Car je vous attendais. — Voyez : il vous entourent,
Et la loi maintenant triomphe, car voilà
Des factieux ici, mais le vrai peuple est là!

VOIX DU PEUPLE, *au dehors.*

Vive Dante!

DANTE.

Entendez! L'anarchie imprudente
A vu son dernier jour et ces cris...

LES MÊMES VOIX.

Vive Dante!

DANTE.

Ainsi votre œuvre avorte et tombe votre espoir,
— Il me reste à remplir un pénible devoir :
Vos chefs sont arrêtés, il faut vous en instruire,
La garde devant moi va tous deux les conduire,
Car les premiers efforts que vous avez tentés
Ont servi de signal à nos sévérités.

(*Bardi et Brunetto entrent conduits par la milice bourgeoise, Torello en tête.*)

SCÈNE VI.

DANTE, BRUNETTO, BARDI, TORELLO. — FOULE, GARDES.

BARDI.

Dante, je suis vaincu. Je le vois, tu l'emportes,
Le sort trahit souvent les âmes les plus fortes.
Mon supplice sans doute est déjà décrété,
Dante : délivre-toi d'un rival détesté.

DANTE, *prenant le parchemin.*

Avant de me juger, écoute, je te prie :
— Au peuple florentin l'illustre seigneurie.
Contre le chevalier Bardi, le professeur
Brunetto Latini, moi Dante, moi prieur,
Je prononce l'exil selon la forme antique,
Au nom de la *Balie* et de la République.

BARDI.

Au temps où nous vivons les triomphes sont courts,
Je te le prouverai, Dante, sous peu de jours.

TORELLO, *bas, à Dante.*

L'exil ?—Mais c'est trop peu ! J'ai peine à vous comprendre,
On revient de l'exil. — Et puis, je viens d'apprendre
Que Charles de Valois approche de nos murs,
Ils s'allieront à lui, nous en sommes bien sûrs.

DANTE.

Mon maître, en punissant, considérons, de grâce !
Le danger qui n'est plus, non celui qui menace.

TORELLO, *à part.*

Cet homme se perdra, je le sens aujourd'hui.
Trop honnête! J'eus tort de m'attacher à lui.

BARDI, *parcourant des yeux la milice.*

Adieu, mes bons amis; je n'oublierai personne.

TORELLO, *à part.*

Cet homme a le regard d'un serpent... Je frissonne.

BARDI, *à Torello.*

Maître, vous voilà donc parmi mes ennemis?

TORELLO.

Moi, seigneur, croiriez-vous?... J'avais... j'avais promis...
(*Bas.*)
Je vais sur le chemin de Lucques vous attendre,
Je crois que nous pourrons encore nous entendre.
(*En sortant regardant Bardi.*)
Cet homme est un lion! Toujours on le trouva
Plus fort que le danger...
(*Regardant Dante.*)
Pauvre honnête homme, va!

BARDI.

Adieu, Dante; adieu donc; l'exil où tu m'envoies,
S'il se prolonge même, aura toujours ses joies :
Béatrix y viendra rejoindre son époux.

DANTE.

Il parle d'elle, à moi! Mon Dieu, l'entendez-vous?

BARDI.

J'ai mon triomphe aussi. Pour toi plus d'espérance;
Portinari, vaincu par l'âge et la souffrance,

A sa fille laissant ses ordres absolus,
Portinari se meurt...

SCÈNE VII.

LES MÊMES, GUIDO.

GUIDO.

Portinari n'est plus.

DANTE.

Adieu donc de mon cœur l'espérance dernière;
O Béatrix! je mêle à vos pleurs ma prière,
O Béatrix! malgré ce qu'il m'a fait souffrir,
A l'âme du chrétien puisse le ciel s'ouvrir!

GUIDO.

Tu lui dois mieux encor qu'une prière, écoute
Et tu le béniras, en le pleurant, sans doute :
Ses amis, ses parents, par son ordre appelés,
— J'étais là, — près de lui pleuraient agenouillés,
Quand, soudain, d'une voix un instant ranimée :
« Je t'ai fait bien souffrir, ma fille bien aimée!
» Dante est digne de toi, je l'avoue aujourd'hui;
» Moi-même je voudrais te confier à lui,
» Mais que ma volonté dernière vous unisse,
» Qu'il soit heureux, ma fille, afin qu'il me bénisse!
» Je fus injuste, mais Bardi régnait sur moi,
» Je ne veux pas laisser sa main peser sur toi;
» Que Dante soit ton maître et ton époux, personne
» Ne saurait te blâmer : ton père te l'ordonne.

DANTE.

Je n'ose songer même à ma félicité,
Devant la mort la joie est une impiété,
Mon Dieu! mais le devoir que ce moment m'impose,
Je saurai le remplir partout, en toute chose.

(*A Bardi.*)

Toi, chevalier, écoute un seul moment encor :
Portinari, je crois, te devait beaucoup d'or,
Vingt mille florins...

(*Il va à la table et écrit rapidement.*)

Prends ce papier, je l'exige.
Tous mes biens sont à toi, chevalier. Prends, te dis-je.

BARDI, *à part.*

Contenons-nous. Ma haine, attends encore, attends.
Chacun aura son jour. Bientôt il sera temps.

(*Il sort suivi de la milice.*)

SCÈNE VIII.

DANTE, GUIDO, BRUNETTO.

DANTE.

Vous restez, Brunetto? Qu'avez-vous à me dire?
J'ai rempli mon devoir. Allez-vous me maudire?
Serons-nous ennemis en sortant de ce lieu,
Ennemis pour jamais?...

BRUNETTO.

Je viens te dire adieu.
Mon fils, mon cœur est plein d'une tristesse immense,
Car, au lieu de finir, notre lutte commence.

DANTE.

O Maître! ce moment est pour moi bien cruel,
Je souffre, et je maudis ce terrible duel;
Le magistrat sévère a parlé tout à l'heure,
Hélas! je redeviens votre fils, et je pleure,
(*Fléchissant un genou en terre.*)
Pardonnez-moi, mon père!

BRUNETTO.

Hélas! ce que tu fis,
Je le ferai peut-être...
(*Le relevant.*)
Embrasse-moi, mon fils!

FIN DU TROISIÈME ACTE.

ACTE IV.

(Comme au troisième acte. — Le Palais des prieurs.)

SCÈNE PREMIÈRE.

DANTE, GUIDO.

DANTE.

Torello va venir ici même bientôt
Et s'entendre avec moi pour repousser l'assaut.
Guido, je le sens bien, le péril est extrême;
Pourrons-nous résister? J'en doute encor moi-même.
Peut-être avant ce soir m'attend le coup mortel,
Et je devais demain la conduire à l'autel,
Ma Béatrix!... Demain, on jettera peut-être
Ma cendre à tous les vents, comme on fait pour un traître!
—Non, je n'aurais pas cru, le ciel m'en est témoin,
Que nos dissensions l'entraîneraient si loin,
Qu'appelant l'étranger comme raison dernière,
Choisissant pour rentrer à Florence l'ornière
Des chariots français, sourd à toutes nos lois,
Brunetto s'allierait à Charles de Valois!
Bardi..... j'aurais compris bien plutôt.....

GUIDO.

Je t'admire :
En politique, ami, le meilleur vaut le pire!

DANTE, *souriant.*

Toujours exagéré?

GUIDO.

Toujours candide, toi?
Tiens! tu n'es pas plus fait pour gouverner... que moi!
Tu crois que, comme toi, tout le monde est honnête,
A te livrer à tous ton âme est toujours prête.
L'homme d'état, vois-tu, de ce titre jaloux,
Rampe avec les serpents et hurle avec les loups,
Il s'avance dans l'ombre ou se glisse sous l'herbe...
Toi tu n'es qu'un lion confiant et superbe!
— Je ne t'en blâme pas, c'est un défaut que j'ai,
Mais le gouvernement m'en aurait corrigé!
— Et ce défaut, surtout aujourd'hui t'est funeste;
D'abord, ce Torello... pour moi, je le déteste!

DANTE.

Torello... — Mais enfin?...

GUIDO.

Tu le crois ton ami?

DANTE.

Sans doute.

GUIDO.

Eh bien, mon cher, n'y compte qu'à demi
Ou pas du tout!

DANTE.

As-tu quelques raisons?

GUIDO.

Aucune.
Figure basse, œil faux, voix mielleuse, — rancune,
Lâcheté, trahison.

DANTE.

Je dois en convenir,
Mais son intérêt même est de me soutenir.
De la milice il est un des chefs, et les autres
Savent aussi que leurs intérêts sont les nôtres.
— Et tiens, tu vas juger, ô mortel soupçonneux,
De leurs vrais sentiments... Les voici.

GUIDO, *à part.*

Crois en eux!
Mais j'ai d'autres amis, Dante, pour te défendre.

(Entrent Torello et plusieurs chefs de la milice bourgeoise.)

SCÈNE II.

DANTE, GUIDO, TORELLO, *chefs de la milice.*

DANTE.

Bien, mes amis! — Voici le moment de nous rendre
Aux remparts; résistons, du moins, jusqu'à la fin;
Puissant est l'ennemi, mais non vainqueur enfin!

TORELLO.

Dante, il ne s'agit plus de se battre, — sur l'heure
Signez ceci.

(Il montre un parchemin.)

L'espoir de vaincre n'est qu'un leurre.
Il faut capituler.

DANTE.

Vous dites... vous osez!

TORELLO.

Mon maître, à la douceur nous sommes disposés;
Mais ne nous forcez pas, nous bourgeois de la ville,
A sortir aujourd'hui de notre humeur tranquille.
Il faut capituler, Dante, je vous le di :
Ce n'est pas seulement le chevalier Bardi
Qui nous attaque... mais sous les murs de Florence
Sont rangés les meilleurs des chevaliers de France!
Comment leur résister, nous paisibles bourgeois?
Et si nous résistons, bientôt, je le prévois,
Notre argent, nos maisons, et nos femmes peut-être..,
Et tout cela pour vous?... Non pas, non pas, mon maître!

DANTE.

O honte!

TORELLO.

L'étranger, me direz-vous! — Eh bien,
L'étranger soit.... pourvu qu'il ne me prenne rien!
— Ce n'est pas en mon nom seulement que je parle,
Bientôt vous entendrez....

LES AUTRES CHEFS.

Vive le prince Charle!

TORELLO.

Vous avez entendu.

DANTE.

Que m'importe cela?
Je ne ferai jamais cette lâcheté-là,
Et je trouverai bien, même aux jours où nous sommes,
Citoyens florentins, parmi vous quelques hommes!

TORELLO.

Vous n'en trouverez pas un seul, mais raisonnons.

Vous nous connaissez tous et vous savez nos noms,
Nous sommes des bourgeois, gens paisibles et graves,
Et nous ne sommes pas obligés d'être braves!
Contre de vrais guerriers que pourraient nos efforts?
Nous nous battons... mais quand nous sommes les plus forts.

DANTE.

O terre qui comptais les héros par cent mille!
Terre des Scipion, terre des Paul Émile!
Qui tressaillais d'orgueil lorsque tes grands Césars
Te conduisaient vingt rois enchaînés à leurs chars!
Italie! Italie! ô reine détrônée!
Esclave maintenant du ciel abandonnée!
Terre que Dieu dota d'un éternel azur,
Te voilà désormais comme un repaire impur!
Contre leurs descendants, dont la puissance tombe,
Les Romains d'autrefois murmurent dans leur tombe!
—O peuple ingrat et vil, tu fus toujours ainsi,
Et tu feras partout ce que tu fais ici :
Les plus grands citoyens furent toujours ta proie;
Les meilleurs, tu les a déchirés avec joie;
Leur amour a nourri ton féroce penchant,
C'est le bien qu'on t'a fait qui t'a rendu méchant!
—Tremble! L'épuisement succède à la démence,
Et déjà de nos jours ton châtiment commence :
Tous les peuples que Rome eût jadis sous sa loi
De leur abaissement se vengeront sur toi;
Tous, amoureux un jour de la molle Italie,
Comme d'une beauté facile qu'on oublie,
Partageront, ainsi qu'un trésor prodigué,
Ton sourire banal et ton sein fatigué!

De l'une à l'autre mer et des Alpes au Tibre,
Tu seras le seul peuple indigne d'être libre !

TORELLO.

Allons! finissons-en. Signez, Dante.

DANTE.

Jamais.

TORELLO.

Eh bien, vous n'êtes plus rien ici désormais.
— Aussi les beaux projets et la belle espérance!
Vous voulez établir l'union dans Florence,
Et voilà deux partis contre nous soulevés....
(*Furieux.*)
C'est votre faute, à vous qui nous aviez sauvés!
(*Aux autres chefs.*)
Nous, allons de ce pas renvoyer nos cohortes,
Et puis à l'ennemi nous ouvrirons les portes.

SCÈNE III.

DANTE, GUIDO.

GUIDO.

Féroces, lâches, vils, — braves gens, après tout,
Qui raisonnent fort bien, comme on en voit partout.
— Sacrifiez-vous donc! Dans votre âme attendrie
Gardez, comme un trésor, l'amour de la patrie!
La patrie est un mot menteur entre les mots;
C'est un florin brillant, luisant, superbe — et faux!

DANTE.

Il est vrai : tout est vain, tout est vil; sur le monde

La lâcheté s'étend comme une lèpre immonde!
Guido, quand on n'est pas un traître, — on est trahi!
Un seul moment, un seul m'a changé : j'ai haï!

GUIDO.

Mon ami, je ne puis te cacher ma surprise :
Quoi! tu leur fais l'honneur de t'indigner?... Méprise
Tous ces puissants d'un jour qui règnent à genoux;
Tu descendis vers eux, tu remontes vers nous!
Pourquoi désespérer? pourquoi te plaindre même,
O Dante? — n'as-tu pas ton rêve, ton poème
Dont les matériaux, épars sur le chantier,
Réclament tes efforts, tes soins, toi tout entier?
— Frère, partons; peut-être en est-il temps encore;
J'ai près de l'Apennin une maison que dore
Le soleil au levant, dont le seuil attiédi
De platanes touffus est couvert au midi,
Et dont un gai ruisseau, naturelle limite,
Remplit l'air de chansons que le poète imite!
Tu te retrouves là, là tu te reconnais,
Nous cueillons à l'envi les fleurs et les sonnets;
Béatrix t'y rejoint, votre union s'achève,
Dans un calme joyeux s'accomplit ton beau rêve,
Te voilà sans tourment, sans fièvre, sans ennui...

DANTE.

Guido, ce serait fuir, — Dante n'a jamais fui!

GUIDO.

Mais peut-être la mort....

DANTE.

C'est le commun partage.

GUIDO.

Mais.....

DANTE.

Il n'est pas besoin d'en parler davantage.

GUIDO, *à part.*

Allons, je ne suis pas si fou que je croyais,
Et tout se passera comme je prévoyais.
Sans doute ils vont venir....

DANTE.

Mon ami, je te laisse.

GUIDO.

Pourquoi donc?

DANTE.

Oh! c'est là ma dernière faiblesse;
Mais tu la comprendras, étant poète aussi :
Avant que les vainqueurs soient arrivés ici,
Je vais chercher, et puis entre tes mains remettre
Mes œuvres que des temps meilleurs avaient vu naître,
Le plan de mon poème et les cinq premiers chants;
Dieu me pardonnera ces terrestres penchants;
Car tout ce que j'écris est un hymne à sa gloire,
Et son nom n'est jamais sorti de ma mémoire!

SCÈNE IV.

GUIDO, *puis un grand nombre de ses amis.*

GUIDO, *seul.*

Maintenant, voici l'heure indiquée.... ils viendront,
Tous doivent aimer Dante et tous le défendront.

Cette idée est de moi. — Cependant elle est bonne. —
A pareil rendez-vous qui manquerait? Personne.
— Des pas... oui, ce sont eux.

(*Entrent plusieurs hommes, tout jeunes.*)

Dignes amis, c'est vous!
Vous devinez pourquoi je vous appelle tous;
Oui, tous, peintres, sculpteurs, musiciens, poètes,
Tous ceux que l'art divin choisit pour interprètes,
J'ai fait appel à tous; je n'ai point recherché
Vers quel parti chacun d'entre vous a penché;
Car je sais qu'au milieu des passions contraires,
Si l'un est *blanc*, si l'autre est *noir*, tous restent frères!
Dante, il faut vous l'apprendre, est depuis un instant
Vaincu, déchu, frappé d'un revers éclatant;
Vous le devinez bien : l'exil, la mort peut-être,
Attend notre rival, notre ami, notre maître;
Comme au bonheur de tous il s'est sacrifié,
Tous l'abandonneront sans honte et sans pitié,
—Excepté nous, du moins, car j'ai cette espérance
Qu'il est de nobles cœurs dans l'ingrate Florence.

TOUS.

Oui!

GUIDO.

De vous-mêmes tous vous vous seriez offerts!
Dante ne sera point chargé d'indignes fers,
Notre amitié pour lui ne sera point muette,
Chacun de nous sera l'ôtage du poète;
Et si l'on attentait, par un crime inoui,
A ses jours — nous mourrions tous pour le défendre...

TOUS, *tirant leurs épées.*

Oui!

GUIDO.

Mes espérances donc ne seront point trompées,
Puisque vos nobles cœurs....

SCÈNE V.

LES MÊMES, DANTE.

DANTE.

Au fourreau les épées!
Certes, ce dévoument me rend fier et joyeux,
Et l'honneur qu'on me fait me rehausse à mes yeux!
Mais, comme le destin nous trompe en mainte chose,
Amis, je ne veux pas vous mêler à ma cause.
— Oublions désormais ma grandeur qui n'est plus,
Ne perdons pas cette heure en regrets superflus,
Mon pouvoir est brisé, ma chute est bien complète,
Et je ne suis plus rien maintenant qu'un poète!
— Poète.... oui, j'avais fait un grand rêve, amis,
Mon poème achevé vous eût été soumis,
Mais puisque de mes jours Dieu mesure le nombre,
De mon idée au moins je veux laisser une ombre.
— Mon œuvre n'est qu'une œuvre informe jusqu'ici,
Mais ce que je voulais qu'elle fût, le voici :

GUIDO *et ses amis.*

Ami, nous t'écoutons! — Oui, parle, Dante!

DANTE, *après un silence de recueillement.*

Frères!
Plus d'une heure et d'un jour me seraient nécessaires
Pour mettre sous vos yeux le rêve que j'ai fait;

Un poème.... le rêve est immense, en effet!
Un poème... tenter, lorsque l'on n'est qu'un homme,
L'œuvre des demi-dieux de la Grèce et de Rome!
Faire un poème après Homère, ce géant
Si haut placé pour nous qu'il en est effrayant!
Faire un poème... après Virgile, après Virgile!
Bâtir un monument où rien ne soit fragile,
Qui, sonore, profond, immense, solennel,
Ne doit durer qu'un jour ou doit être éternel!
Mais, depuis que le Christ est venu sur la terre,
L'homme a dû revêtir un autre caractère,
Un plus vaste horizon s'est ouvert à ses yeux,
Et le plus humble a lu dans le secret des cieux!
N'aurons-nous pas, chrétiens, à qui tout se révèle,
Un poème nouveau pour une foi nouvelle?
Un autre accomplira mon dessein commencé,
C'est le seul souvenir que Dante aura laissé!
Pourtant, ce grand labeur plaisait à mon courage;
Ma pensée emplissait mon front comme un orage;
J'aurais peut-être, aidé du maître souverain,
Jeté mes vers brûlants dans un moule d'airain!
J'aurais pris et le ciel et l'infernale grève,
Tout ce que Dieu créa, — pour y bâtir mon rêve!
D'abord, l'enfer! La sombre et dolente cité,
Abîme où la douleur comprend l'éternité!
Idiomes divers, voix grinçante ou voix rauque,
Tumulte obscur où tout se mêle et s'entrechoque;
Là le voluptueux, l'avare, l'imposteur,
L'adultère, le lâche auprès du séducteur,
Le courtisan, le fourbe et la femme flétrie,
Le traître à ses parents, le traître à sa patrie,
Fratricides, voleurs, faussaires, charlatans,

Tous les crimes du monde ont leurs représentants!
Là chacun a sa place et chacun sa souffrance;
Entrez, maudits, entrez et laissez l'espérance!
— Quittons l'enfer, quittons les lugubres accords.
L'âme doit se laver des souillures du corps
Avant de parvenir à la gloire infinie.
Oh! si j'avais reçu ce grand don du génie,
Dans tout le purgatoire, affreux et doux séjour,
J'aurais mis l'Espérance, aurore de l'Amour!
Enfin, le ciel! — Mais quoi? C'est un orgueil immense
Qui grandit maintenant jusques à la démence!
Aurais-je osé jamais, avec l'œil d'un mortel,
Sonder l'immensité de l'Amour éternel?
Et m'élever, de sphère en sphère, à l'Empyrée?
Comme l'eau des marais au soleil attirée!
Je l'oserai pourtant, s'il me reste un seul jour;
Je parcourrai l'abîme et le divin séjour;
Mais j'aurai deux soutiens dans ce rude voyage,
Deux guides relevant de la voix mon courage :
— Virg le m'ouvrira les portes de l'enfer,
Et donnera l'accord à ma lyre de fer!
— Au paradis, j'aurai pour guide une mortelle
Si pure qu'elle fait oublier qu'elle est belle!
Si douce par le cœur, si grande par l'esprit
Qu'à son nom seul mon âme admire et s'attendrit.
Et d'elle je dirai, si le ciel me seconde,
Ce qu'on n'a jamais dit d'aucune femme au monde!
— Voilà mon rêve, amis; ce ne fut qu'un éclair,
Il doit laisser à peine une trace dans l'air.
Pareil au laboureur qui jette la semence
Et voit déjà les blés couvrir la plaine immense,
Préparant mon esprit, comme lui son terrain,

Joyeux dans mon espoir, j'avais semé le grain,
Je souriais, d'avance, à mes sillons superbes... .
Un plus heureux que moi nouera les blondes gerbes!
— Adieu donc! A vous tous l'heureuse liberté,
Aucun travail sans fruit, aucun germe avorté;
A vous les grands élans qui sont les seules règles,
Et les larges coups d'aile, ô compagnons des aigles!
— A moi la mort, à moi l'exil — autre linceul —
Et puisse le destin ne frapper que moi seul!

(*On entend de grands cris au dehors.*)

GUIDO.

Entendez-vous?... ces cris...

CRIS, *au dehors.*

Dante à mort!... mort à Dante!

GUIDO.

C'est cette populace au mal toujours ardente;
A notre ami faisons un rempart de nos corps.

SCÈNE VI.

LES MÊMES. — BRUNETTO, BARDI.

BARDI, *à Guido.*

Il n'en est pas besoin. Nos soldats au dehors
Contre ces furieux protégent cette enceinte.
Ils ne faibliront pas. Ainsi, soyez sans crainte.
— Nous voulons avec Dante avoir un entretien,
Vous nous laisserez seuls.

GUIDO.

Seuls!

BRUNETTO, *à Guido, avec autorité.*

Je suis là.

GUIDO.

C'est bien.

SCÈNE VII.

DANTE, BRUNETTO, BARDI.

BARDI.

Dante, je ne viens pas en ennemi farouche,
Je ne t'aborde pas la menace à la bouche,
Et, dans cet entretien suprême, j'ai pris soin
Que Brunetto fût là comme juge et témoin.
Brunetto le voulant, j'ai consenti moi-même
A réunir le peuple en tribunal suprême;
Sans doute Brunetto sera ton défenseur.
Et sa voix peut au peuple enseigner la douceur.
Les choses cependant, quoi qu'il dise ou qu'il fasse,
Si je t'accuse, moi, changeront bien de face :
Devant le peuple on voit triompher, de nos jours,
Les accusés jamais, l'accusateur toujours!
D'ailleurs, quoiqu'inhabile aux luttes d'éloquence,
J'ai ma force, et je suis plus puissant qu'on ne pense.
Je te declare donc, pour ne te cacher rien,
Que je demanderai ta mort au peuple.

DANTE.

Bien.
Je m'attendais à tout, hormis à ta franchise.

BARDI.

Si je raisonne mal, que Brunetto le dise.
(*A Brunetto.*)
Maître, n'est-il pas vrai que, si j'en prends souci,
Je pourrai perdre Dante et le sauver aussi.
(*A Dante.*)
Il n'ose rien répondre, et c'est répondre encore.

DANTE.

Ton pouvoir, chevalier, personne ne l'ignore;
Celui de Brunetto décroit dès aujourd'hui;
Tu dois être plus fort, étant pire que lui!
— Ainsi, va droit au but. Je suis calme, et j'écoute.

BARDI.

Au but, oui — mais voici ce qu'il faut que j'ajoute :
Tu te souviens du jour où je te proposai
D'abdiquer le pouvoir, Dante?

DANTE.

Tu l'as osé,
Et je te repoussai, gardant ma propre estime.

BARDI.

Oui, mais c'est ce refus qui te mène à l'abîme.
— Tu connais mon pouvoir. Ton sort est en ma main;
Tu seras condamné, si je le veux demain.
Eh bien, je viens encor te faire une offre, Dante,
Mais ne pas l'accepter serait chose imprudente :
Je sauverai tes jours, je parlerai pour toi
Au peuple, ou je prendrai l'acquittement sur moi;
Je me fais ton soutien, dès ce soir je l'annonce.

DANTE.

Et la condition?

BARDI.

Est fort simple : Renonce
A Béatrix.

DANTE.

Allons! tu veux railler? Plus rien!
J'aimerais mieux mourir mille fois, vois-tu bien!

BARDI.

Naguère, je voulus pour le pouvoir suprême
Te céder Béatrix; tu l'avoueras toi-même,
Refuser fut un tort. Je t'offre en ce moment
Pour Béatrix la vie; enfin, je suis clément :
J'achète en te sauvant ce que je pourrais prendre.

DANTE.

Et j'ai sans doute encor des grâces à te rendre!
Oui, je t'ai refusé le pouvoir autrefois,
Ma conscience au moins m'approuve, et je la crois;
Je lisais dans tes yeux, je lisais dans ton âme;
Tu m'offrais un marché honteux, impie, infâme,
Et je t'ai repoussé, chassant tout autre espoir,
Parce que tu n'étais pas digne du pouvoir!
— Et tu me fais une offre encor plus insensée!
Ma sainte Béatrix, ma chaste fiancée,
Je te la livrerais! — Et cet homme le croit!
De mon salut, sur elle, il se ferait un droit!
— Hélas! pour Beatrix la fortune est jalouse,
Et je la laisserai veuve avant d'être épouse;
Mais elle n'aura pas, je t'en donne ma foi,

Le malheur de tomber dans tes mains après moi!
Car mon sang répandu, c'est ce que je demande,
Fera que son horreur pour toi sera plus grande!
— Toi tu serais l'époux de Béatrix! Sais-tu
Quelle est sa pureté, sa grandeur, sa vertu?
Sais-tu de quels trésors le ciel forma son âme?
Elle, l'ange, la sainte, elle serait ta femme!
Je te repousse donc, sans cacher mon mépris,
Parce que tu n'es pas digne de Béatrix!

BARDI.

Prends garde! je pourrais... Accepte, Dante!

DANTE.

Arrière!

BARDI.

Pour la dernière fois, Dante, — pour la dernière —
Je te dis.....

DANTE.

C'est assez! je brave tes défis...

BARDI.

Alors, Daute, à demain! et tremble!

BRUNETTO, *s'avançant.*

Bien, mon fils!
Je t'approuve — à présent, regarde-moi sans haine,
Dante! Dante! je viens de triompher à peine,
Et j'accours te défendre — ô Dante! ô mon enfant!
Ton ennemi triomphe et pleure en triomphant!
J'ai fait ce que j'ai dû. Mais je viens te défendre;
C'est du peuple, demain, que ton sort va dépendre;
Quoique de ses fureurs on puisse redouter,

J'ai le pouvoir encor de me faire écouter.
J'espère donc, malgré de cruelles alarmes;
Le peuple comprendra mes prières, mes larmes,
J'invoquerai le ciel, la justice, l'honneur.....
Mais si de te sauver je n'ai pas le bonheur,
N'accusant que le sort, comme j'ai fait naguère,
(Fléchissant un genou.)
Pardonne-moi, mon fils.....

DANTE, *le relevant.*

Embrassez-moi, mon père.

FIN DU QUATRIÈME ACTE.

ACTE V.

(Comme au deuxième acte. La maison de Béatrix.)

SCÈNE PREMIÈRE.

BÉATRIX, NINA.

BÉATRIX.

Eh quoi ! Nina, c'est lui qui demande à me voir,
Le chevalier Bardi !

NINA.

Pourquoi le recevoir ?
Son regard m'a semblé plus sombre, plus terrible

BÉATRIX.

O Dieu ! si contre Dante... Ah ! ce serait horrible !
Demain, ce soir peut-être, il ne serait plus temps.
Il suffit. Va, Nina. Dis-lui que je l'attends.
(*Nina va sortir. Bardi est déjà sur le seuil de la porte.*)

SCÈNE II.

BÉATRIX, BARDI.

BARDI.

Ma présence, Madame, a lieu de vous surprendre,
Mais vous aurez bientôt des grâces à me rendre.

BÉATRIX.

Moi, seigneur ?... je ne sais...

BARDI.

Alors, écoutez bien,
Et vous me jugerez par ce seul entretien;
Mais, avant tout, voici ce que je viens vous dire :
Dante et vous, je vous tiens tous deux sous mon empire;
En un mot, Béatrix, je serai votre époux!

BÉATRIX.

Mon époux!

BARDI.

Insensé que je suis... Pensez-vous!
Insensé, Béatrix? folle plutôt vous-même!
On récolte en douleur ce qu'en mépris l'on sème,
Sachez-le pour ne pas compter sur mon pardon;
Mais je veux rester calme encor, j'achève donc.
— Avez-vous entendu ce qu'on dit dans Florence?
« Le chevalier Bardi, malgré son opulence,
» Ses trésors, ses palais qui font envie aux rois,
» Par un pauvre poète est vaincu cette fois! »
Voilà ce que l'on dit, et déjà, quand je passe,
Les sourires moqueurs me suivent à la trace!
— Vous le voyez, il faut que je sois votre époux.

BÉATRIX.

Monseigneur, je ne sais d'où vient votre courroux;
Je ne vous ai jamais rien caché de mon âme,
Je ne vous aimais pas, et maintenant...

BARDI.

Madame!

BÉATRIX.

Vous-même, à d'autres soins le ciel vous appela;
Vous ne m'aimez pas, non...

BARDI.

Ah! vous pensez cela?

BÉATRIX.

Ne vous offensez pas, mais souvent j'ai cru lire
Dans vos regards...

BARDI.

Eh bien, vous n'osez pas tout dire?
A moi donc de parler sans détour désormais;
Je ne vous aime pas, je fais plus : je vous hais!

BÉATRIX.

Dieu!

BARDI.

J'ai caché longtemps dans mon cœur, à grand'peine,
Cet amas de colère et ce trésor de haine;
Mais je trouve à la fin le fardeau trop pesant;
Qu'il retombe sur vous, Béatrix, à présent!
— Tous les biens d'ici-bas, la fortune féconde,
Des vaisseaux répandant mon nom par tout le monde,
Des courtisans, j'ai tout, et j'ai presque régné!
Vous seule, Béatrix, vous m'avez dédaigné;
Même en vous soumettant à la loi paternelle,
Vous n'avez eu pour moi qu'une froideur cruelle;
Pour vaincre ce dédain chaque jour plus constant,
J'ai tout fait,—je n'ai pu réussir un instant!
Dans votre enfance même, avenante pour d'autres,
De mes regards toujours vous détourniez les vôtres;
Abandonnant vos jeux à mon aspect, soudain
Vous cherchiez pour abri les arbres du jardin.
Ce penchant de l'enfant suivit la jeune fille :
Quand je venais m'asseoir au cercle de famille,
Ma présence arrêtait votre rire joyeux,

Et le même dédain débordait de vos yeux!
« Il faut que cette femme à jamais m'appartienne,
» —Dis-je alors,—sous mes lois il faut que je la tienne!
» Je serai patient, certain d'avoir mon tour,
» Car ma haine prendra le masque de l'amour!
Et maintenant, sur vous d'épouvante remplie,
Ma vengeance s'abat et vous tient, et vous plié!
Ce sera votre sort, Béatrix, c'est la loi!
J'ai juré par le ciel que vous seriez à moi!
Béatrix, je vous hais! ce sort sera le vôtre
De subir un époux en en aimant un autre!
Voilà mon seul espoir, voilà mes seuls souhaits:
Je serai votre époux, Madame, et je vous hais!

BÉATRIX, *tremblante.*

Monseigneur! monseigneur! je vous comprends à peine,
C'est là première fois qu'on me parle de haine!
Mais que m'avez-vous dit? vous serez mon époux
Et vous me haïssez?—Ah! qui donc êtes-vous?
Moi, votre femme! oh! non, non je n'ai rien à craindre,
Il n'est pas de pouvoir qui puisse me contraindre.

BARDI.

Vous en oubliez un, adame: votre Mamour!
Vous aimez Dante; eh bien, avant la fin du jour,
Si vous n'acceptez pas ce que je vous propose,
La mort frappera Dante, et vous en serez cause!
Au tribunal du peuple il paraîtra bientôt,
Et sa tête est déjà promise à l'échafaud!

BÉATRIX.

O ciel! la mort! la mort!... mais ce n'est pas possible;
Le peuple, avez-vous dit? mais ce peuple est sensible,

Et de son innocence il sera convaincu,
Car Dante est innocent...

BARDI.

Madame, il est vaincu !

BÉATRIX.

Mais Brunetto du moins, on l'estime, on l'écoute,
Il doit défendre Dante...

BARDI.

Il l'essaiera sans doute;
Mais si je fais un geste, ou si je dis un mot,
Mille cris de fureur l'arrêteront bientôt.
Dante est perdu, vous dis-je ! — Excepté vous, personne
Ne peut plus l'arracher à la mort...

BÉATRIX, *à part.*

Je frissonne!...

BARDI.

J'ai ce qui rend terrible et ce qui rend puissant :
J'ai prodigué mon or pour acheter son sang;
Aux derniers citoyens j'ai marchandé sa tête;
Je suis poète aussi : ma tragédie est prête !
— Vous seule, vous pouvez la sauver désormais.

BÉATRIX, *en elle-même.*

O rêves de bonheur que déjà je formais !
Vallons et coteaux verts, silencieuses grèves,
Asile de l'hymen où j'abritais mes rêves !
Calme dont je berçais mon espoir, ô douceur
D'être l'épouse après avoir été la sœur!
Enfants dont je voyais la tête rose et blonde
Se cacher dans les fleurs ou se mirer dans l'onde !

— De tout cela, plus rien? Quoi! tout cela perdu!
(*A Bardi.*)
Laissez-moi! laissez-moi! je n'ai rien entendu,
Vous ne m'avez rien dit, votre froide parole
N'était qu'un jeu cruel, et ma terreur s'envole.
— Grâce! grâce, seigneur! je me jette à vos pieds...
Non, vous ne vouliez pas sa mort... vous me trompiez.
Votre voix retentit lugubre dans mon âme,
Je sens comme un frisson mortel...

BARDI.

Assez, Madame,
Pour la dernière fois, il faut vous décider,
L'heure du jugement ne se peut retarder.

BÉATRIX, *après un regard au dehors.*

Dante...c'est lui qui vient;-vous, laissez-moi.-C'est Dante,
Ah! je ne vous crains plus maintenant...

BARDI.

Imprudente!
Mais il vous reste encore une heure. Ecoutez bien :
Si, quittant votre avis, vous reveniez au mien,
Après des réflexions plus sages, plus complètes,
Alors, écrivez-moi...
(*Lui donnant ses tablettes.*)
Tenez, sur ces tablettes.
Je me rends au palais public; j'attendrai là
Votre décision. — N'oubliez point cela.

(*Bardi sort d'un côté. Dante entre de l'autre sans le voir.*)

SCÈNE III.

BÉATRIX, DANTE.

BÉATRIX.

Dante ! c'est vous enfin ! —Dante ! je vous implore,
Répondez : quelque espoir vous reste-t-il encore ?
Croyez-vous échapper à la mort ?... Répondez !

DANTE.

Béatrix, calmez-vous. Ce que vous demandez...
(*A part.*)
Oh ! je n'aurai jamais la force de lui dire...

BÉATRIX.

Oh ! mon ami, le doute est un cruel martyre ;
Répondez-moi, de grâce !

DANTE.

Eh bien...
(*A part.*)
Je ne puis pas.

BÉATRIX.

Tout espoir est perdu : vous hésitez...

DANTE, *à part.*

Hélas !
Oh ! retardons du moins cet aveu redoutable ;
Elle apprendra trop tôt mon sort inévitable
Après le jugement.
(*Haut.*)
Béatrix... mes amis
Pensent que quelque espoir nous est encor permis ;
Il est de ces forfaits que le peuple redoute,

Disent-ils; je serai condamné, mais, sans doute,
A l'exil seulement...

BÉATRIX, *avec élan.*

O mon Dieu ! que dit-il ?
L'exil ?... mais c'est la vie et le bonheur, l'exil !
Dante, voyez : je pleure... oh ! je pleure de joie !
Si vous saviez... ami, c'est Dieu qui vous envoie !
L'exil ?... je vous suivrai, Dante; c'est mon devoir :
Je serai votre femme. — Oh ! que c'est doux l'espoir !
L'espoir ?... c'est mieux encor, c'est une certitude !
— J'y songe : vous avez le parler fier et rude
Quelquefois, c'est un tort, on doit en convenir.
Eh bien, devant le peuple il faut vous contenir;
Soyez patient, calme, et, si l'on vous outrage,
Dante, pensez à moi, vous aurez du courage !
Cédez un peu, flattez le peuple, s'il le faut :
On le désarme comme on l'irrite, d'un mot !
—Sauvé ! sans doute... encor quelques moments d'attente..

DANTE, *à part.*

Hélas ! que maintenant sa joie est attristante !

SCÈNE IV.

LES MÊMES, BRUNETTO.

BRUNETTO.

Mon fils, je te cherchais : le moment est venu;
Plus fort que le danger je t'ai toujours connu,
Viens, au palais public le peuple se rassemble ;
Sois digne de ton nom, Dante, marchons ensemble,

Et si nous ne pouvons rien changer à ton sort,
Du moins, viens opposer un front calme à la mort !

BÉATRIX, *avec un cri.*

A la mort !

DANTE.

Malheureux !... Fallait-il devant-elle ?...
Je n'avais pas osé lui dire... Elle chancelle,
Elle pâlit, voyez !

BÉATRIX.

La mort... lui, lui mourir ?
Et rien pour le sauver, rien pour le secourir ?
Est-il vrai, Brunetto ? —Répondez, je suis forte.

BRUNETTO.

Le chevalier Bardi de tout côté l'emporte,
Tout lui sert : la terreur de son nom, ses trésors...

BÉATRIX.

Brunetto, mais qui donc sauvera Dante, alors ?
Vous êtes puissant, vous !

BRUNETTO.

Moins qu'on ne l'imagine :
Moi-même, je le vois, je touche à ma ruine ;
Je paierai de mon sang mes rêves insensés.

BÉATRIX.

Qui donc peut e sauver?

BRUNETTO.

Bardi seul.

BÉATRIX.

Vous pensez !

BRUNETTO.

Mais Bardi n'est pas homme à lâcher sa victime.

BÉATRIX, *à part, regardant les tablettes de Bardi.*

Ces tablettes... sans doute... Hésiter est un crime.

DANTE.

Béatrix! Béatrix! Puisque vous savez tout,
Pardonnez-moi ma feinte, ah! mon amour m'absout :
Je craignais tant de voir vos pleurs!

BÉATRIX.

Je vous pardonne.

DANTE.

Pardonnez-moi surtout si je vous abandonne;
Orpheline déjà, le destin plus cruel
Vous enlève un époux...

BÉATRIX.

Il me reste le ciel!
Dante, la mort délivre; elle est ma seule envie.

DANTE.

Mais, jusque-là, pour vous quelle sera la vie!
— Ah! j'aurais dû, portant votre image en tout lieu,
Vous pleurer seul dans l'ombre, et laisser faire à Dieu;
Et, maintenant, j'aurais trouvé ma récompense,
Mais j'ai voulu lutter. Notre orgueil est immense.
Chaque jour a brisé l'espoir que je formais,
Et nous voilà plus loin du bonheur que jamais!

BÉATRIX.

Hélas!

DANTE.

Ma vie, ainsi qu'un manteau qu'on déchire,

Traîne en lambeaux aux pieds de la foule en délire;
Pour gouverner l'état je me crus assez fort,
Je crus qu'il suffisait d'être honnête. J'eus tort!

BÉATRIX, *avec reproche.*

Dante!

DANTE.

Adieu maintenant tant de choses aimées,
Horizons infinis, retraites embaumées;
Comme tout était beau, Béatrix, n'est-ce pas?
Comme tout souriait et chantait sur nos pas!
Jamais je ne sentis avec pareille ivresse
S'éveiller sous mes doigts la lyre enchanteresse;
Jamais, reconnaissant et fier de votre amour,
Je n'aimai mieux la vie — et je n'ai plus qu'un jour!

BÉATRIX.

Hélas!

DANTE.

Ah! malheureux! qu'ai-je dit? Elle pleure.

BÉATRIX.

Non, non, Dante! Il est vrai, j'ai faibli tout à l'heure,
Mais j'eus tort de douter de la bonté de Dieu.

DANTE.

L'heure du jugement est arrivée. Adieu.
A l'espérance, hélas! si mon âme est fermée,
J'emporte la douceur de vous avoir aimée;
A vous, consolatrice, ange du sort vainqueur,
A vous donc le dernier battement de mon cœur!

SCÈNE V.

BÉATRIX, puis NINA.

BÉATRIX, *seule.*

Sur ces tablettes, vite, écrivons... du courage!
Ne songeons qu'à sa mort qui serait mon ouvrage...
(*Elle écrit, puis appelle :*)
Nina!
(*Entre Nina.*)
Tiens, va porter au chevalier Bardi
Ces tablettes, Nina; fais ce que je te di,
Au palais public. Va.

NINA.

Que dites-vous? Qu'entends-je?
Au chevalier Bardi!

BÉATRIX.

Oui, Nina.

NINA.

C'est étrange.

BÉATRIX.

Va donc. Je ne veux pas réfléchir plus longtemps.
(*Allant à la fenêtre.*)
Tiens... vois... le peuple... il entre au palais. — Tu m'entends,
Fais ce que je t'ai dit, Nina.

NINA.

J'y cours, Madame.

SCÈNE VI.

BÉATRIX.

Secourez-moi, seigneur, fortifiez mon âme.
Dante est sauvé ! — Mon Dieu, soyez béni ! — Mais quoi ?
A jamais maintenant il est perdu pour moi,
Et Bardi... je serai sa femme, moi ! sa femme !
Et j'ai lu maintenant jusqu'au fond de son âme,
Et tout à l'heure, ici, tout plein de sa fureur,
Il m'a prédit mon sort dans toute son horreur,
Moi sa femme !

(Elle s'arrête et chancelle.)

O mon Dieu ! quel étrange délire !
Quel vertige ! on dirait que mon cœur se déchire...
Est-ce un horrible mal ? est-ce un joyeux transport ?
O mon Dieu, je ne sais....

(Avec joie.)

Oh ! si c'était la mort !
La mort, c'est le repos ; la tombe, c'est l'asile ;
Seigneur, rendez pour moi son approche facile ;
Comme un enfant s'endort dans le sein maternel,
On s'endort dans la tombe et l'on s'éveille au ciel ;
Donnez-moi ce sommeil des choses de la vie,
Donnez-moi ce réveil du ciel, ma seule envie !

(Avec ravissement.)

Je souffre... oh ! ce n'est pas un espoir décevant...
Tout mon être frissonne ainsi qu'un arbre au vent...
Oh ! redouble de force et que rien ne t'émousse,
Aiguillon de la mort : ta blessure m'est douce !

SCÈNE VII.

BÉATRIX, NINA.

BÉATRIX.

Nina! Le chevalier... Tu l'as rencontré, di!

NINA.

J'ai remis le message au chevalier Bardi.
— Bien, a-t-il répondu, je tiendrai ma promesse.

BÉATRIX.

Ah! quel bonheur, Nina!

NINA.

Mais, ma chère maîtresse,
Qu'avez-vous?

BÉATRIX.

Moi, Nina! je suis heureuse, vois :
Je souris.

NINA.

O mon Dieu! si faible est votre voix....

BÉATRIX, *joyeuse.*

N'est-ce pas?

NINA.

O mon Dieu! comme vous êtes pâle!
Vous tremblez... on dirait qu'une atteinte fatale,
Imprévue... oh! j'ai peine à soutenir vos pas...
Jamais je ne vous vis si faible...

BÉATRIX.

N'est-ce pas?
(*On entend du bruit au dehors.*)
Vois, on sort du palais... la foule immense, ardente...
Ces hommes, j'en suis sûre, ils auraient tué Dante!
—Il est sauvé, Nina; sauvé, te dis-je.

NINA.

Hélas!
On dirait que vos yeux s'éteignent...

BÉATRIX, *tombant sur un siége.*

N'est-ce pas?

SCÈNE VIII.

BÉATRIX, NINA, DANTE, GUIDO.

DANTE.

Béatrix! Béatrix!

GUIDO.

Sauvé par un miracle!
Le peuple, à qui sa mort promettait un spectacle,
Demandait son supplice, et tout semblait perdu;
Bardi, l'auriez-vous cru? Bardi l'a défendu!
Et le penple, admirant ce rival magnanime,
A prononcé l'exil d'une voix unanime.

BÉATRIX.

L'exil?

DANTE.

Pourquoi mon cœur en murmurerait-il?

Tantôt, vous espériez avec moi cet exil :
« Je vous suivrai partout en épouse fidèle; »
— Me disiez-vous. — Et moi, si je vous le rappelle;
Si je n'hésite point à vous dire cela,
C'est que, je le sens bien, votre bonheur est là;
Le mien n'est que le vôtre, et mon âme attendrie
Ne songe plus qu'à vous; que me fait la patrie?
N'emporterons-nous pas la patrie avec nous?
O Béatrix, l'exil est bon, l'exil est doux!
Florence m'interdit seulement sa frontière,
Mais nous pourrons choisir dans l'Italie entière :
Rome, Pise, Ravenne, ouvertes à nos pas.
Dès que nous partirons...

BÉATRIX.

Nous ne partirons pas!

DANTE.

Béatrix! Qui vous force à tenir ce langage?
Vous ne manqueriez pas, je le sais, de courage;
Pourquoi donc, Béatrix, me parlez-vous ainsi?

BÉATRIX.

Ah! vous ne doutez pas de moi, Dante, merci!
Mais... Ne voyez-vous pas que mon cœur se déchire?
Ah! j'aurais cru cela moins terrible à vous dire!
—Dante, ma voix s'éteint, ma main tremble...

DANTE.

En effet!

BÉATRIX.

Remerciez le ciel, Dante, c'est un bienfait.
Ma mort...

DANTE.

Que dites-vous?

BÉATRIX.

Eh bien, donc, tout-à-l'heure...
Oh! Priez avec moi, Dante, pour que je meure!

DANTE.

Béatrix! Béatrix! Quel malheur!... Je frémis!...
Qui donc m'expliquera ce mystère?

SCÈNE IX.

LES MÊMES. — BARDI.

BARDI, *entrant.*

Moi! Lis!
(*Il lui donne ses tablettes.*)

DANTE, *lisant.*

« Je consens. Sauvez Dante, et je promets. » — Infâme!

BÉATRIX.

Ah! ne l'insultez pas, Dante : je suis sa femme!
(*A Bardi, lui donnant un anneau.*)
Je me souviens aussi de ma promesse, moi,
Chevalier : recevez ce gage de ma foi.
Je meurs. Repentez-vous. La mort que Dieu m'envoie,
Je la bénis. — Je meurs, Dante. Voilà ma joie.
En face de la mort et devant mon époux,
Que mon dernier regard, mon frère, soit pour vous!
Mon ami, votre main.. . Douce est l'heure suprême
Quand la main d'un ami.... Frère! frère, je t'aime!

Vois-tu ce ciel qui doit nous réunir bientôt?
Je vais t'attendre, frère, adieu.... Là-haut! là-haut!

DANTE.

Béatrix! ô mon Dieu! Béatrix!...

BARDI.

Elle est morte.

DANTE.

Puisse mon cœur s'ouvrir pour que la vie en sorte!
Accordez-moi la mort, ô mon Dieu! Permettez
Que j'aille dans le ciel m'asseoir à ses côtés!
— Béatrix m'apaisait par son auguste empire....
Le meilleur de mon âme en deviendrait le pire!
Je sens, moi qui croyais ne pouvoir pas haïr,
Les démons violents malgré moi m'envahir!
— Ah! ma douceur venait de mon doux esclavage! —
Mon âme est comme un champ qu'un ennemi ravage;
Le méchant semble avoir triomphé sans retour,
Il triomphe aujourd'hui.... Mais demain à mon tour!
Dans mon sein, sourdement, la foudre déjà prête
Va briller, va frapper! Et déjà dans ma tête,
Fiers lions dont l'ardeur ne peut plus s'amortir,
Mes tercets furieux grondent prêts à sortir!

BARDI.

Dante, écoute, regarde, apaise-toi: je pleure!
J'ai senti défaillir mon âme tout à l'heure;
De la mort éprouvant l'auguste majesté,
Dante, rien de moi-même en moi n'est plus resté!
Je fus méchant, je fus lâche, je fus infâme,
— Pardonnez-moi du haut du ciel, ô sainte femme! —
Je croyais la haïr, hélas! et je l'aimais;
Mes jours au repentir sont voués désormais!

Je le reconnais bien, j'étais indigne d'elle;
Son seul époux, c'est toi, toi qui lui fus fidèle;
Ah! que mes pleurs amers vous servent de témoins;
Soyez unis tous deux, devant la mort du moins!
— Cet anneau t'appartient; prends, je te l'abandonne.

DANTE.

Tu l'aimais, as-tu dit? Alors, je te pardonne.
Reste près de sa tombe et sois-en le gardien,
Fais qu'en la visitant ton pas ressemble au mien!
Moi, je pars; mon exil me convient et m'attire,
L'exil.... Prison qui marche, allongeant le martyre!

GUIDO.

Mais tu ne partiras pas seul. Je te suivrai,
Je comprends ta douleur et la partagerai.

DANTE.

Viens dans mes bras, Guido! — Mais laisse-moi seul, frère,
Que rien de ma douleur ne puisse me distraire,
Laisse-moi seul, je veux être seul à souffrir,
Et vivre désormais triste jusqu'à mourir!
L'âme mieux qu'à la joie aux larmes s'accoutume;
J'éprouverai combien de sel et d'amertume
Au pain de l'étranger, et combien dur l'ennui
De descendre et monter par l'escalier d'autrui!
Du moins, je flétrirai, je poursuivrai sans cesse
La peur, la trahison, le crime, la bassesse;
Mes ennemis, plongés vivants dans mon enfer,
Verront leurs noms écrits de mon stylet de fer;
Leur supplice à mes maux servira d'allégeance;
« TA MUSE, ALIGHIERI, CE SERA LA VENGEANCE! »

FIN.

Paris. — Imprimerie de E. Brière, rue Sainte-Anne, 55.

www.ingramcontent.com/pod-product-compliance
Ingram Content Group UK Ltd.
Pitfield, Milton Keynes, MK11 3LW, UK
UKHW021553260726
13993UKWH00002B/818

9 782329 298962